届くなら、
あの日見た空をもう一度。

武井 ゆひ

STARTS
スターツ出版株式会社

上を見上げる……。

高い高いその場所には、どこまでも澄み渡る雲一つない青空が広がっていた。

あの日と同じ空だった。
エネルギーに満ちた陽の光。
包み込むように優しい穏やかな空。

見ているだけで涙が零《こぼ》れ落ちそうになる。
いまなら。この空の下でなら。
前を向いて歩いていけるような気がする。

いまなら、あの空に手が届くかもと。

ゆっくりとその空に、手を伸ばす。

目次

プロローグ 9
第一章　歪んだ世界　――菜乃花 13
第二章　追いつきたい場所　――要 55
第三章　見えない世界　――菜乃花 99
第四章　見続けた場所　――要 139
第五章　雨のある空 175
第六章　雲のない空 205
エピローグ 235
あとがき 240

届くなら、あの日見た空をもう一度。

プロローグ

繰り返し繰り返し考えていた。

何度も何度も飲み込んできた。

それで良かった。それが最善の手だと信じていた。実際、そうすることで大体の物事はスムーズに運んだ。

だから、気がつけばそれが当たり前なんだと思っていた。

争いごとを避けた。適度な距離感を守った。飲み込んで。溢《あふ》れてもまた、飲み込んで。それでも、それが正しい行動なのだと信じていた。

だけど、違ったんだ。

それは、壁を作り。ただ、逃げるだけの。誰も幸せになれない。救われない。弱い自分を守るだけの行動だった。

いまなら分かる。それを知れたことは、私の人生に、大きくプラスに働いていると。私が変わるきっかけを貰えたことは、感謝すべきことなのだと。

でも、あの時は、ただただ辛《つら》かった。本当に辛くて。苦しくて。どうして私が、って思っていた。

底なんてない、深い深い冷たい世界で……。

何度も責めて。何度も何度も後悔して。その度に逃げて。飽きる程自分を嫌って。

そんな中で、浅い呼吸だけを繰り返していたんだ。そう――

あの日、君が訪ねてくるまでは。

第一章　歪んだ世界　——菜乃花

多くの湿気を含んだ不快な季節が終わった。太陽はジリジリと焼きつくみたい照っている。

それは、そんな暑い夏の日のことだった。

その日、私は企画課の桧山《ひやま》さんに告白された。三つ年上の彼はその端正な顔立ちと紳士的な振る舞いから、女性社員の間では〝王子〟と呼ばれる程の人気者だった。

そんな桧山さんが特に取り柄のない私に、

「好き」だと。

「付き合おう」と。

そう、言ったのだ。

一瞬、自分の身に何が起きたのか理解ができなかった。私だってもう二十二だ。恋愛だって人並みに経験している。けれど、桧山さんのようないかにも〝モテます〟ってタイプの人に付き合おうなんて言われた経験はない。そもそも、こういったタイプの人とはろくに話をしたことすらない。

桧山さんとだってそうだ。挨拶や仕事の話はしたことがある。でも、それだけだった。お昼を一緒に食べに行ったこともなければ飲みの席でも言葉を交した記憶もない。

なのに、なんで？

返す言葉に詰まっていると先に桧山さんが沈黙を破った。

「驚くよな、ごめん。雪代《ゆきしろ》がこっちの部署に異動してきてしばらく経った頃だったかな。雪代のことを目で追うようになってる自分に気づいたんだ。笑った顔が印象的だなって。可愛《かわい》いなって思った。ほとんど一目惚《ひとめぼ》れみたいに好きになってた。俺は、気づかないうちに恋に落ちてたんだ」

私は更に固まった。『恋に落ちてた』なんて言葉、漫画や本の中だけのものだと思っていた。それに。私の聞き間違いでなければ、一目惚れだと。そう、言われたのだ。現実離れした言葉に鼓動を速めながら、赤くなっているであろう顔を隠すようにして俯《うつむ》く。

しかし彼は逃がすつもりはないのか更に言葉を重ねた。

「雪代は俺のこと、どう思ってる？」

「素敵な人だな、と。尊敬してます」

もっと気の利いた言葉を言えないのか。自分の発した月並みな言葉に呆《あき》れた。けれどそれが素直な思いであり、事実でもあった。桧山さんはその容姿も魅力的だけれど、それを抜きにしても尊敬のできる人だ。丁寧な働きぶりは上司からも、取引先からも評価されている。仲間からの信頼だってとても厚い。

「うん、ありがとう。それは好意として受け取っていいのかな？」

爽やかすぎる笑顔を向けられれば反射的にこくこくと頷《うなず》いてしまう。

「良かった。じゃあ、これからよろしくね。菜乃花《なのか》ちゃん」

本物の王子様のような素敵すぎる笑顔を浮かべた桧山さんがスッと手を差し出している。

私はそれを退ける術《すべ》を知らなかった。こんな笑顔でそんなことを言われたら、大概の女性は断れないだろう。仕事もできて人望も厚い。加えてイケメン。断る理由を探すことなんかできるはずもない。むしろ大喜びだ。そして、例に漏れず私もそんな女性のうちの一人だった。

私はおずおずと、差し出されたその手に自分の手を重ねていた。


こうして人生何度目かのお付き合いは突然に始まった。

桧山さんと付き合うことで私の世界は変わった。会社で話しかけてくる人が増えた。それはいつも桧山さんを取り巻いている、私とはタイプの違う華やかな女性社員が主だった。お昼休みの過ごし方。飲み会での人間関係。そういった私を取り巻く世界は急激に変化していった。

初めは戸惑うことも多かった。

でも。失礼な話だけれど。みんないい人ばかりだった。なんとなく、華やかな人たちはプライドが高くて怖いと思い込んでいたけど、全くそんなことはなかった。だから、私がその変化に順応するのは思いのほか簡単で早かった。

蝉《せみ》の声が暴力的な音量で響くようになる頃には、休日を私のマンションで過ごすのが二人の習慣になっていた。仕事終わりに居酒屋で食事をして。お酒を飲み。そのまま私のマンションへ二人で帰る。そんな週末同棲《どうせい》生活を送っていた。

＊

昨夜のアルコールが残っているのだろう。太陽の光が高い位置から窓に差し込む中、桧山さんは私の横ですやすやと寝息を立てている。鼻筋が通っていて。肌だって到底男の人のものとは思えない程透き通っていて。目を閉じていても端正な顔立ちなのだとしっかりと分かる。一体何をしたらこんなにも全てを整えることができるのだろう。桧山さんのそれは羨《うらや》ましいと思わせることすらさせないくらい、何もかもが完璧だった。

少し長めのサラサラとした髪にそっと手を伸ばす。気持ちいい。ひんやりとした手触りのいい髪の感触に桧山さんの存在をリアルに感じた。

だって、夢みたいだったから。こんな完璧な人がいま、私の横で無防備に眠っている。私は長い長い夢でも見ているんじゃないかと。幻を見ているんじゃないかと。ちょっと、本気で思った。

それでも耳に届く寝息が。隣に感じるその温かさが。ちゃんと桧山さんが存在しているんだと実感させてくれる。

美人は三日で飽きるって言うけれど、イケメンには飽きはこないらしい。笑顔じゃなくても。寝顔だけでも。いつまでも見ていられる。見れば見る程引き込まれて目が離せなくなる。

外から子供のはしゃぐ声が聞こえてきた。部屋にいても外は寒いのだと分かる。子供は元気だな、なんておばさんみたいなことを考えてから自分がもう若くはないのだと思い知る。

桧山さんの寝顔に名残惜しさを感じつつ、私はゆっくりとベッドから抜け出した。

瞬間、

「菜乃花？　どこ行くの？」

後ろから少し掠《かす》れたいつもよりも低めの声が私を呼び止めた。

「ごめんなさい。起こしちゃいました？　いまから朝ご飯の支度してきますね。桧山さんはまだ眠ってて大丈――」

言い終わらない間に腕を掴《つか》まれそのままベッドへと引き戻される。

「一緒に、いて？」

ずるい……。桧山さんに、こんなふうに甘えられて逃れられるはずがない。堪《こら》え症のない私はのそのそと彼の腕の中へと舞い戻る。

「菜乃花は可愛いね。平日も休日も。朝も昼も夜も。そんなの関係なくさ、ずっとこの手の中に閉じ込めておきたくなるよ。だってさ、本当に愛してるんだ。それこそ目に入れても痛くないくらい。俺は菜乃花を愛してる」

幸せだなぁ。満たされていく心地良さを感じながら桧山さんの感触を確かめる。

私たちはたっぷり一時間もお互いの温もりを確かめ合って、遅めの朝食とも早めの昼食ともつかない時間に食事を取ることになった。

キッチンで後片付けをしていると奥から桧山さんが私を呼んだ。

「菜乃花、電話鳴ってるよ」

「はい。ありがとうございます」

洗い物を中断し濡れた手をタオルで拭く。けれど、スマホの画面を確認すれば『お母さん』と表示がされていて。電話に出るのを躊躇《ためら》ってしまう。それでも、いつまでも鳴り続けるコール音と桧山さんの視線に促されて、指に鉛のような重さを感じながらも、画面の通話表示をスライドさせた。

『菜乃花？　今度はいつ帰ってくるの？　お母さんね、あなたに会わせたい人がいるのよ。去年の年末だって、お盆だって帰ってこなかったんだからね？　今年は年末に一回帰ってきなさいよ？　どうせ予定もないんでしょう？』

せっかちで自分本位のお母さんは私に口を開く余裕すら与えず、いつものように話を進めていく。

「お母さん、ちょっと落ち着いて？　去年は色々忙しくて帰れないって前もって言ってあったでしょう？　年末だってまだどうなるか分からないし……会わせたい人って？　私お見合いとか本当に嫌だからね」

『どうなるか分からないって、ちょっとくらいなんとでもなるでしょ？　それに会わせたい人だってね、今回はお見合いじゃないのよ？　宮瀬《みやせ》さんとこの修司《しゅうじ》くん。彼ね、いま出張でこっちに帰ってきてるのよ。それでね、久しぶりに会ったんだけど。それがもうすっかり格好良くなっててね。まあそれは昔からなんだけど。とにかく、お母さん思わずお付き合いしてる人いるか聞いちゃったのよ！　そしたらいまはいないって言うじゃない？』

「ちょっと待った！　お母さん修《しゅう》くんに変なこと言ってないよね？」

『変なことって何よ。ただうちの菜乃花なんてどうって一』

「それが！　変なことなの！　お母さんあのね？　私いま付き合ってる人がいるの。

お願いだから誰にでも声かけるのやめて？」

『あらそうなの？　聞いてないわよ。残念ね。お母さん修司くんのことお気に入りだったのに。でもいるなら尚のこと。一回、年末にでも連れてきなさいな』

「お母さんごめんね。忙しいからまた連絡するね。またね」

いつまでも続きそうな雰囲気に、嘘をついて電話を切る。口からは思わずため息が漏れ出してしまう。

「大丈夫か？　お母さんなんて？　かなり盛り上がってたみたいだったけど」

「ごめんなさい。うるさかったですよね。お母さんのいつものお節介です。洗い物終わったらコーヒー淹《い》れるんで、もう少し待っててくださいね」

「コーヒーよりさ。俺はいまの電話のこと、聞きたいかな」

桧山さんは私を誘導するように自分の隣をポンポンと叩く。

私はおずおずと隣に腰を下ろして、大学を卒業してからお母さんに結婚を急《せ》かされていること。隙あらばお見合いをさせようとしてくること。知らないところで私を売り込んでいること。今回は幼馴染《おさななじ》みとの仲を取り持とうとしてきたことを正直に話した。

「お見合い……してたんだ？」

「毎回断ってます。いつかは結婚だってしたいです。けど、いまはまだ考えてないんです。それに、結婚するなら普通に恋愛して、自分で好きになった人としたいですもん」

いつかだなんて嘘ばっかり。本当はいますぐにでも結婚したい。桧山さんと付き合ってからその欲望は日に日に大きくなっている。でも――。突き放されたくない。拒絶されたくない。そう思うと私の気持ちを伝えることなんかできなかった。

「そうだよな。俺もそう思うよ。いつかはしたいけどさ。それは、いまじゃないんだよな。いまはまだ、面倒なしがらみを感じることなく多くを経験していたい。なあ、菜乃花。これからもお見合い断ってくれよ？　もちろん、幼馴染みの彼のことも」

「……当たり前です。それに、いまは桧山さんがいるんだしお母さんもうるさく言ってこなくなると思います」

「でもさ、お母さんは彼氏とかじゃなくて結婚をして欲しいんだろ？　心配だなあ」

いつもは落ち着いていて余裕がある彼が見せてくれる小さな嫉妬《しっと》がとても可愛く愛《いと》おしいはずなのに。同時に苦しくもなる。私は桧山さんとならいますぐにでも結婚したいと思っている。でも、桧山さんは違うんだ。どちらがどれくらい好きかなんて比べるものじゃないのは分かっているけれど、私ばかりが好きなんじゃないかと不安になってしまう。そんな彼を。自分自身の不安を。いつもは桧山さんがしてくれるように、自分の腕で包み込む。

「桧山さん。私は桧山さんが好きです」

そう言って彼の首元に顔を埋めると、私のとは違う桧山さんの香りが鼻をかすめた。

「大好きです」

しばらくの間そうしてからゆっくりと顔を上げる。

「俺も好きだよ。愛してる。愛しすぎて時々辛くなるよ」

そこにはおどけながらも優しく目を細めて微笑《ほほえ》む桧山さんがいて。私はなんとも言えない充実感に包まれていく。

「私もです。私も、桧山さんが大好きすぎて辛くなる時があります。でも、それ以上に、すごく幸せなんです。私が持ち合わせていた幸運は全部、桧山さんに対して使われているんだと思うんです」

「菜乃花も言うようになったな」

「私をこうさせたのは桧山さんですよ。それに桧山さんに比べたら私なんてまだまだ全然及ばないです」

私は桧山さんに倣って同じようにおどけてみせた。

その時の私はとても幸せで。満たされていて。桧山さんの瞳の奥にあった鈍い光に少しだって気づくことはなかった。

ああ、そうか。私は、この時にはすでに周りのことなんて全然見えていなかったんだ。

桧山さんはその日から少しずつ。多分、悪い方へと。変わっていった。

職場や同僚との飲み会の席。外食をしたり電車に乗っていたり。そういう周りに誰かがいる環境では、彼は彼のまま。優しく余裕のある。それこそ〝王子〟とか〝紳士〟という言葉がぴったりな桧山さんのままだった。

だけど、二人だけでいる時の彼は時折強い嫉妬心と独占欲をぶつけてくるようになっていた。それに並行して桧山さんは恥ずかしくなるくらいの愛の言葉を口にしなくなった。その代わり、私のことをなんでも知りたがるようになった。

会社で他の男性社員と話した内容。学生時代の交友関係。過去の恋愛経歴。一緒にいられない時間は何をしているのか。とにかくなんでも知りたがった。そして、それに際限はなかった。いつしか私から、友達と会う時間すらも奪っていった。

それでも私には桧山さんと距離を置くという選択肢はなかった。桧山さんへの想いは自分でコントロールできる範囲を超えていて、彼を失うなんてことは考えられなかった。

だから、私たちはそうやって。お互いの気持ちなんか無視して。微妙な距離を感じながら。関係を続けていった。

その小さかった距離を大きく開かせてしまったのは——。私が桧山さんを失うのを恐れて逃げていたからか。桧山さんの要求が尽きることがなかったからか。……多分、その両方共が原因だったのだろう。

その距離は少しずつ。だけど確実に広がっていった。

＊

それはある三月最後の週末だった。

桧山さんは「スマホを見せて欲しい」と言ってきた。さすがにスマホの中までは抵抗があって。私は鞄《かばん》に目をやるもそのまま黙り込んでしまった。

その時だった。桧山さんの放つ空気が嫌なものに変わったのは。

「菜乃花、俺が見せてって言ってるんだけど？　何？　何か俺に見られたらヤバイことでもあるわけ？」

怒鳴るのではなく静かに、ゆっくりと。でも、冷たく這《は》うような声で桧山さんはそう言った。

「いままで見せてくれない子なんていなかったんだけどな。俺は菜乃花のこと心配してるだけなんだけど？　ほら、知らないと守ってやることもできないからさ。それとも何？　俺になんて守られたくない？」

初めて聞く彼のその冷たい声に不安と恐怖が襲ってきた。

何か言わなきゃ。終わっちゃう。頭ではそう思うのに言葉が詰まって声にならない。私を責めるように沈黙が辺りを満たしていく。ここで選択肢を間違えてはいけない。私はいま分岐点にいるんだ。それだけは理解できた。

頭の中にいままでの桧山さんとの思い出が次々と思い浮かんだ。桧山さんと出会って、私は幸せだった。とても満たされていた。私は彼を、失いたくない。

『いままで見せてくれない子なんていなかったんだけどな』

言われたばかりの言葉を思い出す。

……違う。

私に選択肢なんてない。あるのは一つの答えだけ。

「……どうぞ」

それだけを言うのが精一杯だった。

私は鞄からスマホを取り出してロックを外し、それを桧山さんの手元に差し出した。

「俺は菜乃花が大好きだ。愛してる。だからこそ心配になる。菜乃花のことならなんでも知りたくなる。できることならずっと行動を共にしたい。一緒にいて守ってやりたい。知らないと守ることもできないだろ？」

桧山さんは先程と同じ言葉を、今度は柔らかな声で繰り返した。その声音に相反し、桧山さんは真剣な目をして私を見つめている。

久しぶりに桧山さんの口が紡いだ『好き』の言葉と真剣な目。先程見せられた桧山さんの冷たい視線を思い出して頭が混乱した。

いままでの子は見せていたんだ。見せたくないなんて。見られたくないなんて。私のわがままなのかな。たまたまこれまでお付き合いしてきた人が言わなかっただけで、これはカップルにとって当たり前のことなのかもしれない。だって、桧山さんはすごく真剣だ。心配だと。私を守りたいと。愛してると。こんなに真剣に、そう言ってくれている。

だけど、心にはポッカリと穴が開いたような喪失感と桧山さんを失わずに済んだ安心感が混ざり合って、なんとも言えない不快感を覚えた。

自分の中に私じゃない別の何かが流れ込む。気持ち悪い。私はそれに蓋をするように瞼《まぶた》をきつく閉じた。

それでも桧山さんがスマホを確認しているのが音や雰囲気で伝わってくる。それと一緒にその何かはどんどん私の中を占領していく。

気持ち悪かった。立ち上がり、逃げるようにその場から離れた。あまりに気持ち悪くてそのままトイレへと駆け込んだ。

気持ち悪かった。早くそれを吐き出したかった。だけどいくら指を突っ込んでも。いくら待っても。どれだけ深く突っ込んでも。出てくるのはさっき食べたものばかりで。その何かは私の中から出ていってはくれなかった。

そうしている間に、とうとう何も吐き出すものがなくなった。口をゆすいで手を洗おう。そう思いキッチンへと移動する。冷たい水で口をゆすぎ顔を上げる。そこには、中途半端に出されたままのコーヒーセットがあった。

一回落ち着こう。

お湯を沸かしドリッパーにフィルターをセットして粉を入れる。粉の香りとぶくぶくと泡立つお湯を見ていると少しずつその何かが小さくなっていくのを感じた。沸いたお湯を少し冷ましてからドリッパーへと回し入れる。湯気と一緒に芳しい香りが立ち込めた。その香りと温度に心がゆっくりと落ち着いていく。

部屋の方を覗《のぞ》いてみるとスマホのチェックは終わったのか、桧山さんは小さなソファーの上で寛いでいた。

「桧山さんコーヒー淹れました。どうぞ」

「ありがとう」

桧山さんはカップを受け取り優雅に口元へと運ぶ。その姿はあまりにも洗練されていて思わず目を奪われた。

同時に思う。この人を失うことにならなくて本当に良かったと。

私は、自分の中でいかに桧山さんが絶対的な存在なのかを改めて実感しながら桧山さんの横に腰を下ろした。

「菜乃花、明日は久しぶりに出掛けようか。どこか行きたいところはある？」

「そうですね。少し暖かくなってきたし、近くの公園を散歩するのも気持ち良さそうですよね」

良かった。普通に話せてる。気持ち悪くない。

「菜乃花らしいな。じゃあ少し遠くなるけど菜の花でも見に行こうか。きっと菜乃花みたいな可愛い花が、たくさん咲いてるよ」

「出ましたね、桧山節」

「なんだよそれ？　茶化すならやっぱり家で過ごそうか？」

「嘘です！　嬉《うれ》しいです。桧山さん、行きましょう。可愛い菜の花を見に！」

慌てて取り繕《つくろ》う私に、桧山さんは目を優しく細めて甘く囁《ささや》く。

「俺は花なんかより可愛い人を毎日見てるからもう十分だけど。でも、その可愛くて愛しい人が行きたがってるんだ。これは連れてってあげなきゃ男が廃るよな」

頭に優しく手をのせられ愛おしそうに髪を梳《す》かれる。

敵《かな》わない。こんなに優しく甘い声でそんなことを言われたら、私の中がどんどん桧山さんで支配されていく。いまこの瞬間、桧山さんが隣にいて私を見てくれている。そのことに改めて安堵《あんど》した。


翌朝、私たちは朝食を済ませると早速家を出発した。駅までの道を手を繋《つな》いで並んで歩く。まだ少し肌寒さが残るも暖かな日差しが辺りを包み込んでいる。

春だな。と思う。

街路樹には小さな蕾《つぼみ》がぽつぽつと芽吹いていて、日差しは柔らかく降り注いでいる。それらがキラキラと世界を明るく照らして、自然と気持ちをわくわくさせる。

春が来たんだ。

繋がれた手に桧山さんの体温を感じる。私のより少し高めの体温が繋がれた手からじわじわと伝わって、冷たく冷えていた私の手を温める。毎日歩いている通い慣れた道でも、ただ桧山さんと並んで歩いているだけで私はなんとも言えない温かな気持ちに包まれていった。

電車を数回乗り継いで。途中、目についたお洒落《しゃれ》なカフェレストランで昼食を済ませた。ゆっくりと向かったから目的の場所までは家から三時間弱かかった。

太陽が真上に昇り切った頃、私たちはビルの間に突如広がる大きな庭園に辿《たど》り着いた。入場門で三百円の入園料を払い園内に入る。そこには小さな黄色い花が地面いっぱいに広がっていた。淡い色をした青空の下、陽の光を浴びて小さな花はその花弁に似合わない太く逞しい茎を高く伸ばして堂々と咲き誇っている。後ろには現代的な高層ビルが立ち並んでいて、それが一層菜の花の群れを際立たせていた。まるで私たちのためにこの花は咲いているんだと錯覚してしまう。それくらい幻想的で美しかった。

「おお。初めて来たけどこんだけの花が咲いてると壮観だな」

「本当に。私も菜の花がこんなに存在感のある花だったなんて知りませんでした」

「菜乃花なのに？　てっきり来たことあるのかと思ってた」

「実家の花壇や川辺に咲いてるのは見たことありますよ？　でも都内にこんな場所があるだなんて知りませんでした。なので、私もこんなにたくさんの菜の花を見るのは初めてです」

目の前の風景からいつまでも目を離せないでいる私の手を桧山さんがそっと引いて歩く。

「せっかくだから奥の方にも行ってみよう」

手を繋いだままゆっくりと、咲き誇る菜の花の中を歩いた。

しばらく庭園の中を歩いていくと先の方が広場のように拓けていた。その場所ではウエディング姿のカップルが幸せそうな笑顔で写真撮影をしている。

「素敵ですね。ウエディングの撮影ってこういう場所でもできるんですね」

「ああ。有名スポットらしいな、ここ」

「そうなんですね。桧山さんて色々なこと知ってて凄いです。さすがです」

「褒めたって何も出ないよ」

言いながらわしゃわしゃと頭を撫《な》でてくれる。

私はこの大きな手が。重みが。大好きだ。

「企画の仕事してるからかな。自然と色々な情報が入ってくるんだ」

桧山さんの言葉にちらりと彼の顔を窺うと会社で見せるような頼もしさを漂わせていた。

桧山さんはとても仕事のできる人だ。彼の人柄から難なく仕事をこなしているのだろうと思っていた。だけど、いつも飄々《ひょうひょう》としているけれどきっと見せないだけで、彼だってたくさんの努力をして時間をかけて色々なものを積み上げてきたのだろう。そんな当たり前のことを今更ながらに思った。

次の日、会社のエレベーターホールで桧山さんとすれ違った。これから会議があるのだそうだ。不意に昨日の桧山さんの顔を思い出す。私ももっと頑張らなくちゃ。事務の私は直接アイディアを出したりはしない。けれど資料作成のサポートだって入力業務だって重要な仕事だ。（よし！）エレベーターの中で気合を入れる。デスクについて、髪を結わえて、仕事に取り組む。桧山さんのお陰で集中力は最高だった。

「お、雪代。仕事してるねー。どう？　こっちには慣れた？」

懐かしい声と共にかつての上司がすぐ後ろからパソコンの画面を覗き込んできた。

「青山《あおやま》さん！　お疲れ様です。ふふ。さすがに慣れましたよ。ところで今日はどうしたんですか？」

「部長に用事があってね。しかし雪代も様になったよなー」

「なりますよ。じゃなきゃ困ります。もう新入社員じゃないですもん」

青山さんは私が入社した当時に配属された営業課の課長さんだ。彼は面倒見が良いのに加え砕けた雰囲気の親近感を抱きやすい上司だった。だから、部下にはとても慕われている。もちろん私も青山さんを慕って当時はかなり頼らせてもらっていた。

「はは、そうだよな。年々心配症になってきてるんだよ。歳かな。っと、部長に話があったんだ。じゃあまたな。仕事の邪魔して悪かったな。まあなんだ！　肩の力を抜いて頑張れよ」

そう言って青山さんは部長の元へと去っていった。

相変わらずの親しみやすさに思わず笑みが零れた。緩《ゆる》んだ顔を隠すように画面に視線を落とすと時計が目に入る。

――11：00。

私は気を引き締め直してから再び資料作成に没頭した。

だから……。その時自分に向けられていた冷たい視線になんて。気づきもしなかったんだ。

＊

週末の夜、外で夕食を済ませてからいつものように桧山さんと家でくつろいでいるとスマホが知らない番号を表示させて着信を知らせた。

「誰だろう？　桧山さんごめんなさい。ちょっと電話に出てきますね」

スマホを持ちキッチンへと移動する。

「もしもし？」

『お、もしもし？　菜乃花？　調子はどうだ？　元気にしてるか？』

その声には聞き覚えがあった。

「修くん？　久しぶり。私は元気だよ。修くんこそ元気だった？　無茶な仕事の仕方してない？」

『ありがとう。忙しくはしてるけど、無茶はしてないかな。多分聞いてると思うけどいまこっちに帰ってきてるんだ。でさ、おばさんが丁度うちに来てるんだけど、「菜乃花が帰ってこない。連絡くれない」って母さんに漏らしてるところに出くわしちゃって。俺からも電話して欲しいって頼まれたんだよね』

「わあああ。ごめんね。修くんにまで迷惑かけて。どうせまた変なこと言ってるんでしょう？　聞き流してくれていいからね」

「言ってる。おばさん相変わらずだよな。俺、好きな人いるって言ったんだけど……。それでもすっごい菜乃花のこと推してくるんだよ。いや違うか？　あれは菜乃花っていうより自分を売り込んでるのかな？　それに……」

　最後の方は無意識なのかわざとなのか、呟《つぶや》きよりも小さな声で上手く聞き取れない。

「お母さんてば……。修くん、本当にごめんなさい。お付き合いしてる人がいるって言ったらね、連れてこいって言われたんだけど……。面倒で返事もしてないの。年末も帰らなかったしね」

『あはは。菜乃花がそうするって、おばさん相当うるさく言ってるんだな。まあ取り敢えず連絡はしたしさ。こっちはこっちで上手くやっとくから心配すんな。来月にはそっちに戻る予定だからさ、今度飲みにでも行こうな。じゃ、またな』

「うん、ありがとう。悪いけどお母さんのことお願いします。またね」

修くんの家で繰り広げられているであろう会話を思うとげんなりとする。けれど私にできることはない。下手に連絡をするよりここは修くんに任せておくのが得策だろう。

そんなことを思いながら部屋へ戻ると桧山さんが問い詰めるような目でこちらを見ていた。

「この間話した幼馴染みからでした。お母さんてばまだ余計なこと言ってるらしくて。それで心配して連絡くれたみたいです。彼も好きな人がいるみたいだし、完全にお母さんの一人相撲ですけどね」

なぜか後ろめたさを感じて目を逸らしてしまう。

怒られるかと思ったけれど、桧山さんは「そうか」と言うだけでそれ以上何も言ってくることはなかった。

しばらくの間、部屋の中を沈黙が支配した。

空気が重い。呼吸が苦しい。何か話さないと。

「菜乃花」

「はい」

思わず身構えてしまう。

「幼馴染みのこともそうだけどさ。隙があるから会社でも付け込まれるんじゃないの」

会社？　最近は他の男性社員と必要以上には話していないはずだ。私には桧山さんがなんのことを言っているのか見当もつかなかった。

「営業課の人とかなり親しげだったよな」

営業課……。

すぐに先日の青山さんとのやり取りを思い出す。でも、まさか。

「青山さんには入社したての頃お世話になっただけです。この間は久しぶりに顔を合わせたので心配して声をかけてきてくれたんです」

「俺には菜乃花が嬉しそうに、喜んでるように見えたけど？　その青山さんも」

「久しぶりだったので嬉しかったです。かなりお世話になりましたし。でもそれだけです。他には何もないです」

あの時、見られてたんだ。でもまさか、歳だって一回りちょっとも違う。それも奥さんのいる上司だ。そんな人とのやり取りにまで、桧山さんが注意を向けていたなんて。

「そうか」

言いながら桧山さんが立ち上がる。

「桧山さん？」

「なんか気分じゃなくなった。今日は帰るよ」

「桧山さん！　私、本当に何もしてないですよ？」

「それは分かった。分かったけど。でも、今日は帰る」

『分かった』

彼は確かにそう発音しているはずなのに。一度だって目を合わせることなく、帰っていった。

＊

まだ日が昇りきらない薄暗い部屋の中。肌寒さに目が覚める。手にはスマホが握られていて。桧山さんに連絡をしようと。でもどんな言葉を送ればいいのだろうと。考えているうちにそのまま眠ってしまったんだと気づく。

体は重りをつけられたかのようだった。ずっしりと重い体を這うようにしてベッドに横たえる。連絡しなくちゃ。そうは思うも頭がぼうっとして上手く働かない。

気づくと、私はそのまま深い眠りへと落ちていた。

酷《ひど》い頭痛がして再び目覚める。部屋の中にはカーテンをしていても太陽の光が強く差し込んでいていまが朝でないことが分かる。

体が酷く重い。関節も痛いし寒気に体が震える。風邪を引いたのだなと他人事《ひとごと》のように思った。

日曜日だから病院はやっていないし。風邪薬あったかな。

喉も渇いた。

桧山さんに連絡しなくちゃ。

眠い。

重い体を引きずって水を飲み、熱のこもったベッドに戻る。後で。起きたら後で考えよう。重くなる瞼に逆らうことなく私は三度深い眠りへと落ちていった。

＊

次の日になっても下がらない熱に私は仕事を休んだ。病院へ行き薬をもらい、家に戻るとそのままベッドに倒れる。だけど目だけはスマホを見つめていた。

連絡しなくちゃ。だけどどんな言葉も言い訳に思えて、何を送ればいいのか。どう伝えればいいのか。考える程に分からなくなる。

文字じゃだめだ。ちゃんと会って顔を見て話をしないと。

それでもスマホを握り続けた。もしかしたら連絡をくれるかもしれない。心配して様子を見に来てくれるかもしれない。そう思った。

だけどいくら待ってもそれが桧山さんからの着信を知らせることはなかった。

桧山さんに連絡をすることができないまま、私は三日間寝込んだ。

*

さすがに三日も寝込めば熱は下がった。

私は微《かす》かに残る頭痛を抱えながら出社した。

「おはようございます。二日もお休みを頂いてしまってすみませんでした」

「熱はもういいのか？」

「はい。お陰さまで下がりました。ご迷惑をおかけしました」

部長への挨拶を済ませ自分のデスクに向かう。早く出社したせいか部署にはまだあまり人がいない。しばらくの間パソコンを開き簡単な作業をしていると次第に人が増えていった。

「おはようございます」

後から出社してきた同僚に挨拶をするといつもと様子が違うような不思議な違和感

があった。それでも目の前には休んでいた分の仕事が溜《た》まっていて、その時はその違和感について深く考えることはしなかった。

　お昼休憩もそこそこに午後も溜まった仕事を片付けた。気がついた時には部署に残っているのは数人になっていた。

　時計を見ると時刻は八時を回っている。

　今日は帰ろう。軽くデスク周りを片付けて残っている同僚に「お疲れ様です」と声をかけてから会社を出る。

　帰りの電車に揺られながら今日一日、桧山さんと言葉を交わすことがなかったことに気づく。それどころか顔も見かけていない。会社に行けば、会えば、誤解を解ける。そう思っていたはずなのに。仕事にばかり気が向いていて桧山さんのことを考える余裕がなかった。

　スマホのメッセージを確認しても着信はない。

　連絡をしなきゃ。

『お疲れ様です。』

だけどその先の言葉が浮かばない。

明日にしよう。会って。顔を見て。ちゃんと話をしよう。

結局、連絡を入れられないままスマホを鞄にしまった。

＊

「桧山さん！」

お昼休み、席を立とうとしていた桧山さんを呼び止めると僅かに部署の空気が変わった。

「菜乃花……。もう風邪は大丈夫なのか？」

言葉はいつもどおりなのに桧山さんの表情はなぜか固かった。

「大丈夫です。連絡もできなくてごめんなさい」

「寝込んでたんだろう。仕方ないよ」

桧山さんの放つ微妙な空気に会話が途切れる。

何か、何か言わなきゃ。必死に頭を働かせるも言葉は上手く続いてくれない。

「桧山さん、早くしないと混んじゃいますよ！」

桧山さんの後ろにはかつての取り巻きの子たちがいて、そんなことを言っている。

「そうだな。行こうか」

そう言うと桧山さんは私に背を向けその子たちと外へ行ってしまった。この間まで私にも声をかけてくれていたのに今日はそれがない。

桧山さんの態度と部署の空気に不安と違和感が少しずつ大きくなっていく。明らかに何かが変わった。だけど何が変わったのか。どう変わったのか。なぜ変わったのか。全く分からないまま数日が過ぎていった。

その間にも違和感は日を増すごとに大きくなり続けた。それは次第に敵意を伴うようになっていた。

私が休んだ日。桧山さんは元気がなかったらしい。そのことに気づいた取り巻きの子たちが心配するも、桧山さんは困ったような顔をするだけで何も言わなかったそうだ。そのことがよりその子たちの保護欲を煽《あお》り、心配にさせた。

桧山さんが築き上げてきた信頼関係、彼の人柄、取り巻く人たちの思惑。そして何より私自身の甘え。それら全てが歪《いびつ》に組み上がり、それは当事者の元を離れてどんどん大きくなっていった。それは、気づいた時には私の手の届かない場所へと行ってしまっていた。

『雪代さん他にも男の人がいたらしいよ』

『知ってる。桧山さん以外にも付き合ってる人いたんでしょう』

『あり得なくない？　身の程わきまえろって感じ』

『彼氏いるのに愛想振りまいてたもんね』

『淫乱』

『あぁいう人が意外と裏表があるんだよ』

『桧山さん可哀想《かわいそう》』

それが彼女たちに作り出されたシナリオだった。


——ピピッピピッ。

アラームの音が一日の訪れを知らせている。

起きなければ。だけど、全身を得体の知れない何かが包み込んでいて瞼でさえ私の言うことを聞いてくれはしない。


部署での空気が悪くなってからもしばらくは大丈夫だった。生活していくためには働かなければいけない。働くということはお給料をもらうということで、多少の人間関係の拗《こじ》れなんか関係ない。自分がやるべきことを消化してお金を貰うだけ。

そうやって日々をやり過ごしていたある日のこと。桧山さんから電話がかかってきた。

「桧山さん！」

飛びつくように電話に出る。

その頃には桧山さんがうちに来ることは愚か、まともに口を利くこともなくなっていた。

『菜乃花。何か俺に言いたいことはない？』

「…………」

黙ってしまった。

私の噂《うわさ》を聞いたのかもしれない。だとしたら否定しないと。あれは全部嘘だと。私は何もしていないと。

……でも、もし桧山さんがそれを知らなかったら？　だとしたらそのまま知られたくない。

「最近忙しかったんですか？　なかなか話もできなかったから」

『それ、本気で言ってるのか？』

「え？」

『他に言うこと。言いたいことがあるだろう。いま、菜乃花は辛いんじゃないのか？助けて欲しいんじゃないのか？』

「噂のことなら全部嘘です！　私は何もしてません！」

『そうじゃないだろ！』

桧山さんの声が冷たく響く。

『なんで何も言わないんだよ！　辛いなら、なんで俺を頼らない？　どうして普通に仕事してる？　よそ見できないように。俺しか見えなくなるようにしたのに。なんで俺を見ないんだよ！』

彼の言葉に不思議と驚かなかった。驚けなかった。怒りも悲しみも感じなかった。

『俺なしじゃ生きてけなくなるくらい、どうして俺でいっぱいにならない。俺でいっぱいになると思って好きになったのに、なんでならないんだよ！』

そうか。私も彼も同じだ。何よりも自分が一番で。結局、自分のことしか見えていなかったんだ。

『いらない。そんなお前なんかいらない。でも他の奴にも渡さない。そんなの許さない。俺以外の男で満たされるなんて、そんなの許されない。消えればいい。お前なんて消えてなくなればいいんだ』

その日。その時。私は全てを失った。幸せも涙も全部。何もかも。

＊

梅雨《つゆ》の雨が街を重く包む。纏《まと》わりつくような湿気が人々を憂鬱《ゆううつ》な気分にさせる頃、私を取り巻く世界はまたしても急激に変化していた。桧山さんと別れてから、挨拶をしても返事は愚か目を合わせてくれる人すらいなくなった。誰もが私と関わりを持つことを避けるようになっていた。いままで築いてきた人間関係は脆《もろ》くも崩れ落ちていたのだ。

……、そもそも私はちゃんとした人間関係を築けていたのだろうか？　この場所にきちんと馴染めていただろうか？　本当は最初から一人だったんじゃないのだろうか？　そんなことすら私には分からなかった。

さすがに大人の世界だ。学園ドラマで観るような荒事はなかった。それでも誰もが私と必要以上に関わるのを避けているのは明らかで。無遠慮に注がれる視線は痛みを伴う程に冷たかった。

あの瞬間から。私は長く続く暗い世界で毎日を過ごした。遠くで鳴く猫や犬の声を聞いて眠れない夜をやり過ごした。身支度を整えては電車に乗れず家に引き返して毎日を過ごした。ろくに食事を取っていないのに体はどんどん重くなっていって私をベッドに縛りつけた。

全てが。外から聞こえてくる話し声も。毎日きちんとやってくる朝も、夜も。何よりも私自身が。私にとっての敵になっていた。

過ごしやすい季節が終わり、冷たい空気が街を包む。吐く息が白く染まってくる頃、私は三年近くお世話になった会社を辞めることにした。

*

その日はやけに日差しが強かった。いつまでも動けないでいる私をベッドから追い立てるように部屋の中をギラギラと照らしつけた。

ゆっくりと瞼を持ち上げると冬の太陽が持つ清々《すがすが》しい光が満ちていた。眩《まぶ》しさに耐えきれず、目を細めながら思う。

どうして。本当にどうして……。冷えた体を温めるように降り注ぐ陽の光ですら、どうして私には優しく照りつけてはくれないのだろう。どうして私をそっとしておいてはくれないのだろう。不意に涙が溢れそうになる。

だけどそう思うだけ。涙が流れることは決してない。あの日に失ってしまったから。笑うことも泣くことも、何かに奪われてしまって私にはできなくなっていた。

のろのろと体を起こし、ベッドから這い出して、膝を抱えて丸くなる。目を閉じてしばらくそのままじっと耐える。

静かだった。光のない世界でそうしていると外の音も遠くに感じて、ここだけは違う世界のような気持ちになった。

光も音も何もない世界。暗く冷たい私だけの場所。

――チャラチャラ。

静かだった世界に無機質な機械音が響く。

しばらく鳴り続ける音になんとなく視線を流す。スマホの画面には知らない番号が表示されていた。


そういえば昨日もスマホが鳴っていた。最近はアラームの音しかさせなくなっていた。それが昨日今日と続けてアラーム以外の音を鳴らしたのだ。

この番号は誰のものなんだろう。そう思ってもう一度確認すると一つは修くんからの着信だった。

＊

満開に咲き誇る桜が散っていく。そんな、吹く風が生温く頬を撫でるようになった頃、修くんから連絡があった。

『戻ってきたから飲みに行こう』

そう誘ってくれた。

久しぶりに会いたかった。お母さんのこともお礼を言いたかった。修くんがお母さんに何を言ったのかは分からない。けれどあれからお母さんに色々と言われることはなくなった。『上手くやっとく』その言葉のとおり修くんがなんとかしてくれたのだろう。だからちゃんと会ってお礼を言いたかった。

だけど……。だけどきっと桧山さんは嫌がるだろう。修くんと会ったら怒るだろう。そう思うと会えなかった。それでも修くんは何度か連絡をくれた。その度に理由をつけては断って。そうしているうちに私の日常は壊れていって。修くんに会うことは愚か返信することもできなくなっていた。

心配させてしまってるのかもしれない。修くんはいつだって優しく心配してくれた。小学生の時、男の子に泣かされると慰めてくれて次の日から私を守ってくれた。高校生の時、彼氏に振られて落ち込んでいると話を聞いて元気づけてくれた。東京に出てきた時も緊張と不安にかられていると連絡をしてくれて力を分けてくれた。いまだって、きっと話したら慰めてくれる。元気づけてくれる。

……本当にそうだろうか。いつまでも守られてばかりで迷惑ばかりかけて、そんな私を本当に見捨てないでいてくれるだろうか。

兄のように慕ってはいるけれど血なんか繋がっていない。ただ小さい時から近くに住んでいただけの私が、ただそれだけの関係なのに。私ばかりが頼ってたんじゃ修くんだって迷惑なだけだ。

……私は何をやってるんだろう。

大好きだったあの場所を離れたくなかった。それでも出てきたのは、あそこじゃない場所へ行けば平凡な私の人生にだって何か素敵なことが起こるかもしれないと、そう思ったからだ。

そんな漠然とした希望を持って東京まで出てきて、大学へ行き、就職し。逃げるように、流されるままに、たった三年で退職して。あの時感じていた希望がなんだったのか分からないまま。掴むことも、垣間見ることすらできないまま。平凡な人生さえ失って。私が得たものはボロボロになった自分だけだった。

私はここに何を求めていたんだろう。

自分が何をしたいか。何を手に入れたいのか。真剣に向き合うこともせず、ただその時その時の状況に流されて。

大好きな場所からも。桧山さんからも。会社からも。ただ逃げて。

そんな自分が大嫌いだ。いつだって逃げてばかり。

でもいまはその〝逃げる〟ことだけが私が私を保っていられる唯一の方法だった。

沈んでいく。どこまでも。底が見えない奥深くへと。落ちていく。このまま現実から逃げていればいつか元に戻れるのだろうか。だとしたらそれはいつなのだろう。それともずっとこのままなのだろうか。私はそれに耐えることができるだろうか。そもそも耐える必要なんかあるのだろうか。いっそ、終わりにしてしまえたら楽になれるんじゃないか。

膝を抱える腕に力を込める。自分がまだ存在していることを確かめるように。消えてしまわないように。

——ピンポーン。

遠くでチャイムの音が聞こえる。

誰が。何をしに。ここへ。

どうでもいいか。いまは誰にも会いたくない。例え親だろうと、友達だろうと、見知らぬ他人だろうと、誰にも。

更に体を小さく丸める。息を潜め、だけど視線だけはなぜかドアを見つめていた。誰にも会いたくないはずなのに、それでもドアから目を離すことができなかった。

何度か音を鳴らした後、チャイムが鳴り止む。また部屋の中に静寂が訪れた。

——チャララチャララ。

静かになった部屋に、今度はまた無機質な機械音が響く。画面にはさっきの知らない番号が表示されていて、それは留守番電話に切り替わるまで無機質な機械音を鳴らし続けた。鳴りやむのと同時にドアの向こうで訪ねてきた誰かが立ち去る気配を感じた。

待って！　私はここにいる！　ここに！

誰にも会いたくないのに。会いたくないはずなのに。私はドアへと駆け寄っていた。

誰かが立ち止まる気配を感じてノブにかけた手が一瞬止まる。

それでも。すがりつくように。必死になって。

私はドアを開けたんだ。

第二章　追いつきたい場所　――要

中学を卒業したら東京に行こう。俺がそう決意したのは中学校に進学して僅か四ヶ月しか経っていない頃だった。特に行きたい高校があった訳ではない。東京に憧れてた訳でもない。ただあの人たちに追いつきたい。それだけの理由だった。それでも、その理由は俺という存在の根っこの部分を占めていた。

両親の説得。進学する高校選び。住む場所探し。そういったものに俺はひたむきに力を注いだ。それはとても心地の良い感覚だった。

両親は東京の高校に行くことにそれ程大きくは反対しなかった。有り難いことに理由も深くは詮索してこなかった。もしかしたら、なんとなく察していたのかもしれない。両親を説得することよりも、東京へ行きたい理由を聞かれたらどう言おうか考えあぐねていた俺としては、そこを深く突かれなかったのは本当に助かった。

だから、俺もそのことを深く考えるのをやめた。だって、こんな理由を親に知られているんだとしたら恥ずかしすぎる。

両親は東京へ行く理由を尋ねる代わりにいくつかの条件を提示した。

〝どの教科の成績も平均よりも上を取って、且つ卒業まで維持すること〟

〝寮のある学校か、兄の修司の家から通える範囲の学校に合格すること〟

〝滑り止めは地元の学校を受けること〟

〝どの教科も〟という部分が大変だった。理数系は得意だった。授業さえきちんと聞いていれば理解できた。社会科だって何度か教科書を読めば理解できたし暗記もできた。英語も反復して学習すればなんとか、本当にギリギリだったけど、どうにか克服できた。勉強はたたき込めばなんとかなった。

だけど体育。あれはどうにも上手くいかなかった。小さい頃から絵を描いて遊んできた俺は悲しいかな、男なのに運動のセンスは最低だった。小学生の時は運動ができればモテた。多少勉強ができなくてもなぜかモテた。だから、周りの友達は何かしらスポーツをしていた。

だけど、俺はその時には。意識なんてまだ全然してなかったけど。でもきっと。すでにあの人しか見えていなかったんだと思う。だから学校でモテたいとは思ったことがなかった。あの人たちの歳には運動が全てじゃないことを、俺は知っていた。だから運動は全くと言っていい程してこなかった。

こんなことならクラブくらいは、美術部ではなく何か運動系に入れば良かった。そうすれば、センスはともかく体力だけでもつけることができたのに。

＊

二月中旬に高校合格の内定通知が届いてから卒業式を迎えるまでの一ヶ月はとてつ

もなく長く感じた。気持ちばかりが先走って、どうにも落ち着かなかった。

そんな気持ちを紛らわせるように、内定通知が届くとすぐに荷物を整理した。兄貴のところに世話になるから荷物は最低限だけをまとめた。だけど、そもそも男の荷物なんか大した量はなく、俺は三月を待たずして準備を終わらせてしまった。

そうなると早く東京に行ってしまいたくて仕方なかった。早く会いたい。だって、こうしている間にも時間はどんどん過ぎていく。なのに〝中学生〟という枠がそれを許してくれなかった。受験が終わっても中学生としての役割は残っていて。それは卒業する当日まで、俺をここに縛りつけた。

＊

俺が十になった年。つまりは小学校三年生から四年生に上がるまでの間。あの人がこの街を出ていったのはそんな春休みの時だった。

その日は寒さが厳しくて、冷たい空気が街全体を包んでいたのを覚えている。俺は学校が休みなのに朝早くから目が覚めた。そのせいで昼過ぎにあの人を見送るまでの時間をかなり持て余していた。ゲーム機のスイッチを入れては消し。漫画を何冊も引っ張り出しては読みもしないで捲《めく》ってみたり。庭に出て所在なく歩いたりもした。

「要《かなめ》、あんたいい加減落ち着きなさい？　朝からちょこまかちょこまかと動き回って」

「別に母さんに関係ないだろ。俺がどう動こうと俺の自由だ」

「何偉そうなこと言ってるの。掃除の邪魔なのよ。さっきだってぶつかりそうになったじゃない。まあ？　あんたがどうしてそんなに落ち着きがないかなんて？　お母さんにはお見通しだけどね」

反抗期真っ盛りの俺は母さんの言葉に素直に従うのは不本意だった。が、にやにやとからかうような母さんの目から逃げるためにそそくさと自分の部屋に避難した。

去年兄貴が出ていってから広くなったはずの部屋が、散らばった漫画やゲームで狭くなったように感じた。物が散らばっていても文句を言う人はいない。いつもは有難いそのことが今日は無性に俺を不安にさせた。

いつだって俺ばっかり置いてけぼりだ。十歳上の兄貴とその一つ下のなの姉。

俺とは歳がかけ離れている。だから、二人が進学したり。俺には全く理解できない難しい勉強をしたり。思春期特有の空気を纏わせているのを見る度。俺は仲間外れにされたような、なんとも言えない居たたまれなさに襲われた。

そして、その気持ちはいまこの瞬間も俺の心に居座り続けている。

散らかった部屋が急に恥ずかしくなった。なの姉や兄貴はこんな風に部屋を散らかさないだろう。そう思うと部屋の有り様が恥ずかしかった。だからいつも置いてけぼりなんだ。

俺は子供ならではの意味の分からない結論を出した。

散らかした漫画やゲームを片付けた。漫画を本棚に戻し、ゲームを引き出しの中にしまった。それから、一番上の引き出しを開けて一枚の封筒を取り出した。そこには図工の時間に作った簡素なしおりが入っていた。

「菜乃花ちゃん。体には気をつけてね。勉強も遊ぶのも良いけど、ご飯もしっかり食べるのよ？」

「昌《まさ》おばさん、ありがとう」

「ああ。本当に寂しくなるわ。修司が出ていった時よりも寂しいのよ？　あ、何かあっちで困ったことがあったら修司に言いなさいね。いくらでもこき使ってくれて良いんだからね」

「ふふ。修くんはしっかりしてるし頼もしいな。遠慮なく頼らせてもらっちゃおう！」

——チク。

そのやり取りを聞いて、寂しさとは違う感情が俺の中に流れ込む。その感情の名前も意味も分からないまま、俺はなの姉の顔を見ていられなくなって俯いた。

しばらくなの姉と喋《しゃべ》っていた母さんが不意に俺を呼ぶ。

「要、あんたもちゃんとお別れしなさい」

言いながら俺をなの姉の前に立たせる。

「あのドジななの姉が東京で一人暮らしとか、本当に大丈夫なのかよ」

いつからか、なの姉に対して憎まれ口しか出てこなくなった俺の口からは、こんな日でもやっぱりそんな憎まれ口しか出てこなかった。

「もう！　私だってしっかりしてるところはしっかりしてるよ。かなちゃんと違って大人なんだもん。大丈夫です」

──チク。

胸を張って両手を腰に当てながらそんなことを言うなの姉に、またしても嫌な感情が流れ込む。なんなんだよ、一体。

「その呼び方やめろよ。俺だって、もうそんなガキじゃないんだぞ！」

ふて腐れてポッケに手を突っ込むと、そこに忍ばせていた封筒に指先が触れた。

「あはは。ごめんね。でもね。私の中で、かなちゃんはずっとかなちゃんなんだ」

──チク。

「意味分かんねえ」

封筒を乱暴に引っ張り出し、それをなの姉の前に突き出す。

「なあに？　お別れの手紙？」

「そんなの書かねから」

「ふふ」

俺のことなんかお構いなしに暢気《のんき》に笑いながら、嬉しそうに封筒の中を確認するなの姉が眩しくて、俺は思わず目を逸らした。

中身は手作りの、それも不恰好なしおりだ。図工でしおりを作ると聞いて、どうせ作るならと本が好きなの姉に宛てて作ったしおり。できるだけ丁寧に押し花をあしらったそれは男子の中では上手くできた方だと自分でも思う。けれど、女子の作ったものに比べると地味で簡素な仕上がりだった。そんなに期待して……がっかりされたら嫌だな。

そんな考えがよぎった瞬間ふわっと甘い香りに包まれた。

「かなちゃん！　ありがとう！　すごく素敵なしおりだね。大切に使うね」

「離せよ。苦しい」

本当は全然苦しくなかった。

でも、なの姉の匂いが。

反応が。

くすぐったくて恥ずかしかった。

「いいじゃない。しばらく会えないんだもん。ほら、ぎゅうー」

更に強く抱き締められれば本当に苦しくなってくる。

「おい、本当に苦しい。離れろ」

「ふふ。それじゃあ、行ってきます」

最後に頭を撫でて、にっこり笑って。その人は颯爽《さっそう》とこの街から出ていった。

その後も、なの姉は長期休みになるとこの街に帰ってきた。俺はその度に、心配だからとか暇だからとか言いながらなの姉に会いに行った。

なの姉に会えるのは嬉しかった。でも、同時にものすごく焦《あせ》った。帰ってくる度に大人っぽくなっていくなの姉を見るのが、なんだかとても辛かった。

＊

「かなちゃん！」

俺が中学に上がってから初めて迎えた夏休みのある日。懐かしい、でも何度も聞いてきた声が俺の名前を呼んだ。

その日は部活が午前中だけだった。さほど疲れていない体を、それでも真夏の太陽が容赦なく照りつける。そんな立っているだけでも体力を奪われるような猛暑日だった。うるさく鳴いていた蝉の声が急に遠くに感じて、代わりにいま聞いたばかりの、俺の名前を呼んだその声が頭の中に響いた。

マジかよ……。そう思った。

なんで急に。今更になって。

だって彼女とはもうずっと。それこそ物心がつく前から一緒で。血こそ繋がってないけど家族みたいなもので。飽きる程顔も合わせてきて。

それなのになんで。いままで何ともなかったのに……。なんで今更。

できることならこのまま振り向かずに走って逃げたかった。

でも、俺の内側はどうしようもなく彼女を求めていて。俺の体なのに俺の意思には全く耳を貸してくれなくて。ゆっくりと。でも確然と。俺の目は彼女の姿を捉えていた。

もう無理だ。だって言い逃れなんかできない。気づかないふりなんかできない。それだけはっきりと、確かに自覚する。

俺は初めて……恋をした。

「おう」

ほとんど吐き捨てるように、自分でもびっくりするくらい素っ気ない声が出た。

「久しぶり。元気にしてた？　今日も暑いよねー」

それなのに、なの姉は気にする様子もなく、毎日会っている友達に話しかけるみたいに。なんの緊張もなく、自然に俺の隣に来てそんなことを言った。

なの姉の反応に安堵しながらも胸がざわつく。

そうか。俺はもうずっと、なの姉のことが好きだったんだ。俺はその時やっといままで感じていたあの嫌な感情の意味を理解した。

好きだから。好きだったから。仲間外れにされるのが、俺だけがいつまでも子供なことが嫌だったんだ。

一度自覚してしまえば、いままで気づかなかったことが不思議なくらい止めどなくそれは溢れ出した。だからと言って俺には何もできない。いますぐ告白できるような勇気なんて持ち合わせていない。

仕方なく歩調をなの姉に合わせ、並んで歩く。それが精一杯だった。ただそれだけのことで俺の心臓はバクバクと脈打ち、くすぐったいような。それでいて自分が世界で一番幸せな人間のような感覚になった。

「かなちゃんは部活帰りかな？」

「そう。ってかさー。いい加減その呼び方やめろよな」

「えー。だってかなちゃんはかなちゃんなんだもん！　私の中で、それは絶対に変わらない大切なことなんだよ」

――チク。

あなたはいつまで経っても子供。そう言われた気がした。

なんだよそれ。俺だっていつまでも子供じゃない。いつかは兄貴やあんたみたいに大人になる。

——チク。

そう、いつかは……。

でも、そのいつかはいつかであっていまじゃない。それに俺がいつか大人になったところで二人には追いつけない。ずっと揺らぐことなく。九年という月日は俺たちの間に居座り続ける。

「かなちゃん、昌おばさんたちは元気？」

俺の言葉なんか聞いていなかったかのように、なの姉は〝かなちゃん〟とくり返す。

せめてもの抵抗に大きなため息をこれ見よがしについて、ぶっきら棒に答えてみた。

「元気」

「あ、かなちゃんいま怒ってるでしょう。もう、仕方ないなぁ。はい。お土産あげるから機嫌直して？」

なの姉は持っていた紙袋の一つを、照りつける陽の光に負けないくらいの輝かしさで——

「ね？」

微笑みながら渡してきた。

眩しい。この笑顔のためならば、俺はどんなに困難なことでもできるんじゃないかと思う。だけどいま俺が求められていることと言えばなの姉からお土産を受け取ることくらいで。証明なんかできっこないけど。

「ありがとう」

「どういたしまして」

そう言って微笑む彼女は目を細めてしまうくらい、眩しかった。

＊

「あら？　もうこんな時間。みんなそろそろ片付けてね」

夏休み中の部活。顧問の声で部員が一斉に道具を片付け始める。俺も急いで鉛筆をまとめクロッキー帳を鞄にしまった。

「おう、要。この後どっか寄っていこうぜ」

小学校から一緒の健吾《けんご》が俺の肩に腕を回しながら話しかけてきた。

「あちーから離れろよ。それに今日はパス。すぐ帰るし」

「つれないなぁ。要さ、最近すぐ帰るけど、なんかあるわけ？」

「ねえ」

「なんも？」

「なんもねえよ」

「ふーん。まあ良いや。じゃあさ明後日《あさって》は？　空いてるよな？」

「……空いてるけど、何？」

健吾のドヤ顔が何かを企《たくら》んでると物語っている。俺はこの顔のこいつからまともなことを聞いた試しがない。巻き込まれたくない一心でジリジリと後退る。

そんな俺を逃さないとでも言うように健吾は再び肩に腕を回してきた。

「デートしようぜ」

「はあ？」

「デ・エ・ト！　隣のクラスに川上《かわかみ》っているじゃん？　俺さ、川上のこと好きみたいなんだわ。で、昨日声かけたら一緒にカラオケ行くことになっちゃってさー」

「そうか。楽しんでこいよ」

「なんでだよ？　違うだろ？　要も行くに決まってんじゃん！」

「こっちがなんでだよ。二人で行けよ」

「それがさ、川上に『優香《ゆうか》も誘うから田辺《たなべ》くんも友達連れてきて』って言われてんだよ」

「……他の奴誘えよ」

「残念。それがさー、要くん！　君に指名入ってんだよ！　加藤《かとう》、要のことが気になってるらしいぜ？　やったじゃん！　やったじゃん！」

「やったじゃん！　じゃねえよ、めんどくせえ。お前らの恋愛に俺を巻き込むな」

「要だって彼女欲しいだろ？　好きな人いるんじゃなし。別にいいじゃん。ってかさ、頼む！　俺のために！」

俺だって好きな人、いるっつーの。

健吾はいい奴だ。普段はお調子者に徹しているが困っている人を見ればなんの躊躇いもなく手を差し伸べる。協調性があって、いつでも輪の中心にいる。そして……。超がつく頑固者だ。

だから、俺を誘うように促した川上のためにも。加藤のためにも。自分のためにも。何より、完全に余計なお世話だが、俺のためにも。ここは譲らないだろう。

「はあ……分かったよ」

「さすが要様！　サンキュ。待ち合わせ場所とかは後で連絡するからな！　よろしく頼むな！」

美術室を出て、廊下を早足で抜ける。

外に出ると陽をたっぷりと浴びて熱を溜めたアスファルトと生温かい風に、歩いているだけで汗が滲《にじ》んだ。

夕方だっていうのになんでこんなに暑いんだ。どうにもならない暑さに途中、家までの道を少し外れて自販機で缶ジュースを二つ買った。それを鞄に突っ込んで、早足で近所にある小さな公園に向かう。

やっぱり。

その小さな公園の、申し訳程度に設置された東屋《あずまや》の中に彼女を見つける。その人は俺が来たことになんか気づきもしないで、手にしている文庫本に目を落としていた。影が重なる距離にまで近づく。彼女はそこでやっと、俺の存在を認識した。

「かなちゃん！　部活終わったの？　お疲れ様」

なの姉が文庫本から目線を俺に移し目を細めながら声をかけてくる。俺は鞄からさっき買ったジュースを取り出して一つをなの姉に渡す。

「またこんなところで本読んでるのかよ。暑くねえの？」

「くれるの？　ありがとう。ちょうど喉渇いてたんだぁ。いただきます」

俺の質問なんか無視して、なの姉の指が缶のプルタブを開ける。そのまま缶を口元へと運びコクコクと飲み下す。

夕日が缶に反射してチラチラと光る。たかだか百二十円のジュースを飲んでいるだけなのに、その光景はいままで見てきたどんなものより綺麗なものに思えた。

「なんでいつもこんなところで本読んでんの」

「いつもじゃないよー。たまたま私がここにいる時にかなちゃんが来るだけだよー」

「俺、毎日ここに来てるんだけど？」

「そうだっけ？」

とぼけながら微笑む姿に心臓が痛いほど脈打つ。

「ってかさ、さっきから質問の答えになってないし」

「そっか。そうだよねー」

そう言いながらなの姉の視線は公園の中に吸い込まれていく。

「うーん、なんかかね。落ち着くんだ」

まだ帰る気はないのだろう。

足を投げ出して寛ぐなの姉の横に少しの隙間を空けて腰を下ろす。

「好きなんだ」

その言葉に一瞬、心臓が止まった。

いや、マジで。

だけどそれは俺に向けられた言葉じゃない。

「どこにでもあるこの普通の公園が？」

「うん」

「ふーん」

「うん」

好きならなんでこの街から出てったんだよ。大学を卒業したらその後はどうするつもりなんだ？　こっちには戻ってくるのか？　今回はいつまでこっちにいるつもりなんだ？

どれも聞けなかった。

「明日ね、東京に戻るんだ」

「そう、なんだ」

それだけ言うのがやっとで明日の何時に出発するのか聞けないまま。気づいたらまた彼女は俺の手の届かない場所へと行ってしまっていた。

*

「要！　こっちこっち」

健吾の声は良く通る。それはもう道行く人が振り向いてしまう程に、良く通る。毎度お馴染み。当然のように道行く人の視線が健吾に集まる。

「おう」

「それじゃあ早速！　入りますか！」

ハワイアンな香りのするカラオケ店内に四人で入る。

健吾と川上がカウンターで店員とやり取りしているのを見ながら思う。これなら俺はいらなかったんじゃないか？　二人きりの方が盛り上がりそうなもんだ。距離感の近い二人は傍《はた》から見たらすでに付き合ってるようにしか見えない。

「佳穂《かほ》に悪かったかな」

隣にいた加藤がぼそりと呟く。

「何が？」

「なんか田辺くんと佳穂いい感じじゃん？　私たち、邪魔かなって」

「そうだな。帰るか？」

「帰らない。佳穂には悪いけど」

何かを含んだような笑顔で加藤はそう言った。

そうか。俺は健吾たちの仲を取り持つためだけじゃなくて加藤のためにも呼ばれたんだった。

「部屋六番だって。飲み物持ってから行こうぜ」

各々《おのおの》好きな飲み物を持って部屋に向かう。部屋にはテーブルを挟んで二つのソファーが並べられていて、健吾と川上は自然に隣同士に座った。

嫌だな。

カウンターのところで見た加藤の笑顔が脳裏に蘇《よみがえ》る。だけど健吾たちとは反対側のソファーに加藤が座り、俺の座るべき場所は自動的にその隣になった。

「一応、自己紹介とかしちゃう？」

「えー。なんか恥ずかしいからいいよ。分かるでしょう？　名前くらい」

川上が俺の顔を窺う。

「知ってる。川上と加藤だろ」

「嬉しい。知っててくれたんだ」

加藤は手を合わせ口元に当てながら、わざとらしく小首を傾《かし》げる。わざとらしい所作も自然に思えるくらい加藤は整った顔をしていた。小さい顔。潤んだ大きな瞳。真っ黒でサラサラした髪が肌の白さを際立たせている。男ならば一度は付き合ってみたいと思わせる容姿を持っていることを本人も自覚しているのだろう。その目には自信が溢れている。

なのに何でだろう。加藤の一挙一動に、俺はどうしても嫌な気持ちにしかなれなかった。

完全にウケだけを狙ったネタソング。誰と誰が付き合ってるとかいうくだらない会話。甘ったるい恋ソング。それぞれの好きなもの。興味のあるもの。順番に歌いながら合間に言葉を交わす。そんな流れ作業のような時間をたっぷり二時間続けた。

「この後どうするー？」

　程良く調子に乗った健吾がマイクを通してみんなに意見を求める。

「ゲーセン行こうよ。私ね、プリ撮りたい」

「プリクラか。俺、何げに初だわ」

「えー。撮ったことないの？　それは損だよー。行くべきだよー」

「そうか、損かー。じゃあゲーセン行きますかー」

　健吾と川上は波長が合うのか終始こんな感じで盛り上がっていた。

「ほら要、置いてくぞ」

　だめだ。完全に浮かれてる。是非とも置いていって欲しい。頼むからこの空間から俺を解放してくれ。

「要ー」

「……いま行く」

　帰りたかった。そもそも俺はカラオケには付き合うと言ったがプリクラを撮るなんて聞いてない。が、場の空気が読めないふりを決め込める程、自己中にはなりきれない。

　結局、帰りたいと言えないままみんなと近くのゲーセンに移動した。

初めて入るプリクラコーナーは派手な女子と彼女たち特有の匂いで溢れていて、なんともまあ、居心地が悪かった。

居心地の悪さに、ふとなの姉の香りを思い出す。なの姉はいつだって同じ柔軟剤の匂いを纏わせている。それは上京しても変わらなかった。

川上と加藤が機種を選びながら進む後を俺と健吾が俯き気味についていく。

「今日は悪かったな」

機種を選ぶ女子から少し離れたところで健吾は申し訳なさそうに話しかけてきた。

「いや、いいよ。川上と上手くいきそうじゃん」

「おう。やっぱいいわ、川上。要は？　加藤はどうよ」

「どうも何も興味ねーもん、俺」

「加藤ですら興味ないとか男としてどうなの？」

「お前だって加藤じゃなくて川上選んでるだろ？　そう言うことだよ」

「え、何？　要って好きな人いるの？」

「興味ねー」

「答えになってねえよ」

そう言いながらも無理に聞き出そうとしないところが健吾のいいところだ。

「田辺くん、早くおいでー」

いつの間にか機種を選び終えていた川上に呼ばれ、俺と健吾は人生初のプリクラに挑戦した。

女子二人と健吾が落書きをしている間に俺はトイレに向かった。用を足しトイレを出ると落書きをしてたはずの加藤が近くの壁にもたれながらスマホをいじっていた。

「何してんの?」

無視をする訳にもいかず話しかける。

加藤はゆっくりとスマホから視線を動かし、真っ直《す》ぐに俺を捉える。

「宮瀬くんはどこを見てるの?」

「………」

言っている意味が分からなかった。

「分からない?　じゃあ質問変えるね。私のこと、ちゃんと見てくれてる?」

加藤が何かを探るような目で見てくる。

こいつは何を言ってるんだ?　何が聞きたいんだ?

分からないことばかりで言葉が出てこない。

「宮瀬くんて大人っぽく見えるけど中身は意外とガキだよね」

なんでお前にそんなこと言われなきゃならないんだ。

「なんなの、お前……」

少し怒気を含んだ声にもなんの反応も示さず、加藤は俺を真っ直ぐに捉え続ける。

それがめちゃくちゃ不快だった。

「優香、宮瀬くん、何してるのー？　プリクラできたよー」

その日は結局そのまま解散となり、加藤とはそれ以上言葉を交わすことはなかった。


ベッドに潜り、一向に眠気が訪れない意識の中で昼間の加藤の言葉が再生される。

『どこを見てるの？』

あれは一体どういう意味だ？

『私のこと、ちゃんと見てくれてる？』

見てた。乗り気でなかったとはいえ会話は普通にしてたはずだ。でも……、何を話してたのかが上手く思い出せなかった。

さっきまで目の前にいたはずの加藤の顔が上手く思い出せなかった。健吾たちのことは思い出せるのに、加藤のことはどうしても思い出せない。覚えているのはトイレの前で言われたことだけ。

そうか。俺が加藤の目を見て会話をしたのはあの時が初めてだった。ずっと上の空で適当に遇《あしら》っていた。

『中身は意外とガキだよね』

むかつく。加藤の言葉も。目も。自分の魅力を疑いもせずに自信を持っているあの態度も。そして多分、そんな加藤の自信に嫉妬している自分も。加藤の言うとおりガキっぽい態度を取っていた自分にも。

でも、仕方ないだろ。そもそも俺はカラオケになんか行きたくなかった。他にしたいことがあった。

そうだ。他にしたいことがあったんだ。

早く大人になりたい。ここを出てあの人と同じ場所に行きたい。

そうだ。俺はなの姉に追いつきたくて、会いたくて、隣に並びたくて仕方ない。まだなの姉と別れてから一日しか経ってないのに。俺はなの姉に会いたくて仕方がない。だから……。だからこんなことをしている場合じゃなかった。カラオケになんか行っている場合じゃなかった。カラオケに行かなかったからってなの姉に追いつける訳じゃないけど。だけど、少なくとも、カラオケに行ってる余裕なんてなかったんだ。そうしている間にもあの人たちはどんどん先に行ってしまうから。

時間を無駄にしている余裕なんてない。いつだってギリギリのところにいるんだから。だからって何をすればいいのか。何をすべきなのか。いまの俺には何一つ分からないけど。でも、本当に余裕なんてないんだ。

＊

「要！　いつまで寝てるの！　部活は？」

母さんの声に飛び上がる。

慌ててスマホを見ると十一時を過ぎていた。結局、昨日はなかなか寝付けずに、セットしたはずのアラームにも気づかないで寝過ぎてしまったらしい。

下に降りて、顔を洗って。リビングに入る。

「夏休みだからってだらだらしてないでシャキッとしなさい。部活は何時からなの？」

「ん。今日は午後から」

「そう。ご飯は？」

「昼にまとめて食べる」

冷蔵庫を開けて牛乳だけ一気に飲み、まだ少し寝ぼけた頭をスッキリさせるためにシャワーを浴びることにした。

熱めのお湯を頭から浴びると意識がはっきりとしてきて、また昨日のことを思い出す。

兄貴もなの姉もこの街を出たのは高校を卒業してからだ。まだ五年もある。五年。それがとてつもなく長く感じ、自分がまだまだ子供なのだと思い知らされる。

「五年かー」

後五年経っても俺はやっと高校を卒業するようなガキで。なの姉は社会に出て仕事をしていて。その内に知らない誰かと結婚して……。

結婚。いまの俺には想像もできないけど、なの姉にとって、それはそう遠くない未来なのだろうと思うと胸が締めつけられた。

その前に俺も大人になりたい。叶《かな》うはずもないそんな願いを持つ程になの姉のことが好きだった。せめてなの姉と同じ景色を見たい。俺はその時、中学を卒業したら東京に行こうと、そう決意した。


「要ー。ご飯」

母さんに呼ばれリビングに向かう足が重かった。

「いただきます」

用意された昼食を口に運びながらも頭の中は東京に行くことでいっぱいだった。東京の高校に進学するとして、それをどのタイミングで親に言おう。住む場所はきっとなんとかなる。東京には兄貴もいるし最悪寮のある学校へ行けばいい。準備のためにも早めに言った方がいいだろう。

でも、もし母さんたちに反対されたら？　そもそもまだ中学に入って四ヶ月やそこらだ。

高校は東京に行きたいなんて、いま言うのは早急過ぎやしないか？　せめて後一年待ってからでも十分だろう。それまでに、まずはどの高校を受けるのか絞っておかないと。

「要。箸止まってるわよ」

いつの間にか箸が止まっていた俺に母さんが怪訝《けげん》な顔を向けている。

急いで箸を動かす。誤魔化すように「美味《うま》いなこれ」と普段言わないことを口にする。そんな俺の言葉に母さんの顔はより怪訝になっていた。

学校の下駄箱で靴を履き替えていると、

「おっはよう」

の声とともに肩がずしりと重くなる。

「昨日はマジでありがとな！」

どうにかしようなんて欠けらも思っていないのだろう。緩んだ顔をした健吾の顔がすぐ近くにあった。

「だーから、重いって」

「悪い悪い」

反省なんかしていない。カラカラと笑っている健吾を軽く睨《にら》む。

「で？　川上とは？　上手くいきそうか？」

「聞く？　聞いちゃう？　それがさー」

「付き合うことになったのか」

「言わせろよ！　そうなんだよー。帰りに告ったらＯＫもらってさ」

「良かったな。雰囲気良かったもんな、お前ら」

「マジ？　やった！　そうか、お似合いかー」

「そこまで言ってねえから」

「まあまあ。ところで要は？　どうだった？」

「何が？」

「加藤。ゲーセンで何か話してたじゃん」

『中身は意外とガキだよね』

「……なんもねえよ」

加藤の言葉を思い出し声が思ったより小さくなる。

「なんかあった？」

鋭い。

「特に」

「ふーん?」

「行こうぜ」

「おう」

あんな奴のことなんか早く忘れよう。だって、俺には余裕がないんだ。

＊

東京に進学しようと決めてから、寝る前に東京の学校を調べるのが日課になっていた。田舎とは違い東京にはたくさん学校があった。偏差値も様々だった。ある程度の学力で都立、兄貴の家から通える範囲でいくつかの学校に絞り込む。学校案内のホームページや口コミサイトを見ていると気分が上がった。

現状は何一つ変わってない。だけど、確かに前に進めているような。少しだけ大人に近づけたような。そんな感覚が気持ち良かった。

夏のうだるような暑さが和らぐ。それは、過ごしやすい季節があっという間に人肌が恋しくなるような寒さへバトンを受け渡した頃だった。

期末テストからの解放感からか。もうすぐ誕生日を迎えて一つ歳を取ることへの喜びから。その言葉は予定よりも早く俺の口から出ていった。

「俺、東京の高校を受験する」

夕飯を食べ終え、テレビを眺めながら。目も合わせず。食器を片付けている母さんに独り言のように呟く。自分でも思いがけないタイミングで言ってしまったことに驚いた。驚いてから後悔した。まだなんの準備もできていない。反対されても何も言えない。武器がない。だけど言ってしまったことは取り消せない。

何も言ってこない母さんに俺の心臓はバクバクと大きく脈打った。しばらく神経を母さんに向ける。だけど返事は一向に返ってこない。

聞こえなかったのかな？　そう思い始めた頃、母さんが手を止める気配を感じた。

「要。お父さんが帰ってきたら、もう一度ちゃんと面と向かって言いなさい」

賛成とも反対とも判断がつかない静かな声で、母さんは言った。

「風呂、入ってくる」

お湯に浸《つ》かりながらこの後のことを考える。

後一時間もすれば父さんが帰ってくる。もう母さんには言ってしまったから逃げられない。話すしかない。話すのはいい。問題は反対された時だ。受験なんかまだ関係ない俺の言うことをどこまで真面目に聞いてくれるだろう。なんで東京なのかを聞かれたらどう返そう。兄貴に話して間に入ってもらおうか……。

いや、頼りたくない。自分の力だけでなんとかしたい。そうじゃなきゃ意味がない。これは俺の問題なんだ。

考えがまとまらないまま、お湯に浸かっていられなくなった、俺は熱くなった体を湯船から引き上げた。

髪を乾かしていると玄関から話し声が聞こえてきた。父さんが帰ってきたのだ。

頭を乱暴にわしゃわしゃと乾かし気合を入れる。まずは俺の意思を伝えることだけを考えよう。

「おかえり。父さん、ちょっと話があるんだけど」

不思議と緊張することなく切り出せた。

「ただいま。まあなんだ。とりあえず座りなさい」

母さんが話したのだろう。父さんの声は静かだった。

椅子に座ると父さんも腰を下ろした。母さんもその隣に座ってこっちを見つめている。

「俺、東京の高校を受験する」

息を吸ってから一気に言った。

父さんは一瞬眉を動かして苦笑いをしながら低く呟いた。

「思うようにやってみろ」

「え？」

反対されるとばかり思っていた俺は思わず聞き返してしまう。

「要の思うようにやりなさい。要だって一人の人間だ。自分で選択して正しいと思うことをやりなさい。ただ、もう少し慎重に考えてみて欲しい。まだ中学に進学したばかりなんだから、そう焦る必要もないだろう？」

〝一人の人間〟

それは自分で選択することができる代わりに言い訳はできないということだと。責任を自分で背負うことなのだと。俺はその時、初めて知った。軽はずみな行動はできない。何が起きても自分で決めたことなんだから誰かのせいになんかできない。

それでも俺は——。

それでも俺は東京に、なの姉のいる場所に行きたい。

「多分。俺は東京に行くと思う」

「はあ」

母さんが頬杖《ほおづえ》をつきながらこちらを見てくる。

母さんからも明らかな反対の言葉はない。途端に興奮の波が打ち寄せてくる。

行ける！　会いに行ける！

柄にもなく小さくガッツポーズなんかしてみる。無様に顔がにやけてしまう。さっさと部屋へ戻ろう。

だけど立ち上がろうとすると「待ちなさい」と母さんに呼び止められた。

「どこの学校を受験するのかは置いといて。意志を通したいのなら条件があるの」

そうして俺は残りの二年ちょっと、必死になって勉強した。大袈裟《おおげさ》ではなく、それこそ死ぬ思いで。

＊

そうしてやっと迎えた中学最後の日。厳しかった寒さが和らいで柔らかな日差しが優しく満ち始めた頃。俺はやっと中学校を卒業した。小・中学校とは違い、高校は住んでいる場所に関係なくみんながそれぞれ選んだ学校に進学する。

そんな卒業式当日。俺の周りには仲良しの友達と離れることを悲しむ女子や、肩を組み合いテンション高く話している男子で溢れていた。それは三年間過ごしたこの場所で初めて目にする光景で、どこか現実味がなく独特な空気が流れていた。

「要。もう明後日には出発するんだよな？」

健吾がそう声をかけてきた。

「おう。母さんが今日明日くらいは家にいろってうるさいから」

「そりゃそうだろ。そんな急がないで少しはこっちに残ってればいいのに」

「いたってやることねえし」

「うわー、ひでえ。惜しもうぜ？　別れをよ！」

「別に一生会えなくなる訳じゃあるまいし。大袈裟なんだよ」

「でも毎日顔合わせてた奴と会えなくなるんだぜ？　なんかさ、寂しいじゃん」

「抜かせ。佳穂と一緒に電車通学できる！　とかってはしゃぎまくってたのは誰だよ」

「そうなんだよ。佳穂ってば絶対、西校《にしこう》の制服似合うよなー」

　一年の夏から付き合い出して二年以上も経つのにいまだにデレデレしている健吾を尊敬する。周りのカップルは短期間で別れるか喧嘩《けんか》を繰り返すか。そんな奴らばかりなのに。健吾たちはバカップルのままだった。

「卒業式ににやけてんじゃねえよ。ほら、来たぞ。愛しの佳穂ちゃん」

「健ちゃん！　ボタンちょうだい！　第二ボタン！」

「おう。けどそんなのどうすんだよ。使い道ないだろ？」

「取っとくのー。記念だよ記念」

「女子は好きだねー、記念」

「別にいいでしょ」

　もう見飽きた二人のいちゃつきから目を離し何げなく目をやった先に加藤がいた。

ばっちりと目が合う。そのままあっという間に距離を詰められてしまった。

「卒業おめでとう」

「おう、加藤もおめでとう」

あの日からずっと、俺は加藤のことが苦手だ。それでも今度は目を逸らすことなく話す。

「あーあ。やっぱ好きだなぁ。宮瀬のこと」

困ったように、だけど見とれてしまうような笑顔で加藤がそう言った。

一年のあの日。俺のことが気になっているからとカラオケに連れていかれて。そのくせ『中身は意外とガキだよね』なんて言われたのが最後だったのに。俺には加藤が理解できない。全くできない。

「私ね。入学式の時、宮瀬に一目惚れしたんだ」

真っ直ぐに俺を見ながら加藤が続ける。

「でもカラオケに行った日。遠くから見る宮瀬と近くで見た宮瀬の差に幻滅した」

おい。話が違くないか？　どうしてこんな日にまでそんなことを言われなきゃならない？　それにいま、〝好き〟だと言ったばかりじゃないか？

本当に全く思考が読めない。黙ってればそれなりに可愛いのに。どうしてこいつはいつも俺をイラつかせる？

「ちょっと。そんな怖い顔しないでよ。これでも私は宮瀬の味方だよ？」

「味方？」

「同志の方が適切かな？」

そんなことを言いながら加藤は笑った。

「そんなに眉間にシワ寄せないでさ。続き、聞いて？　幻滅したけど、でもね？　二年に上がる少し前からなんか雰囲気変わったなーって思ったの。相変わらずどこ見てんのか分からなかったけど。それでもちゃんと前を向いてるように見えた。いま。うん。その頃からずっと。私はそんな宮瀬が好きだった」

熱のある瞳に見つめられて一瞬。本当に一瞬だけドキッとした。

「あのさ」

加藤は言いかけた俺の言葉を満開の笑顔で遮る。

「いいの」

「え？」

「宮瀬には見えてる場所が、見てる人がいるんでしょう？　私が宮瀬のことを見てたみたいにさ」

結局、健吾にだって話せてないのに。女の勘ってすごいな、なんて感心してしまう。

「私と一緒。片想いなんでしょ？」

なんでそこまで分かるんだ？　こいつはエスパーか？

「頑張ってね」

「ありがとう」

「辛くなったらいつでも頼ってくれていいから。あ、後。私に次の人が現れない限りは彼氏のポジションも空けとくし」

「そりゃどーも」

周りは泣いてる奴の方が多いのに。中学最後の学校で、なぜか俺は苦手だったはずの女子と笑い合っていた。

＊

ついに東京へ出発する日が来た。

「要ー。車出すわよー」

玄関から母さんが呼んでいる。

電車で行くと言う俺に、

「それくらいやらせなさい」

と母さんに押し切られて、兄貴の家までを母さんたちと一緒に行くことになった。

東京まで車で二時間半。たったそれだけの時間であの人たちのところまで行けるんだ。

後部座席に乗り、流れていく外の景色を眺める。くたびれたコンビニや飲食店。遠くに見える山や畑。見慣れた田舎ののっぺりとした景色。それがなんだか急にいいものに見えてくる。

いままで住んでいて特別地元に愛着を感じたことはなかった。だけどいまは。何となくだけど、俺は思っていたよりこの場所が好きだったのだと、そう思えた。

道を歩く人。畑を手入れしているお年寄り。自転車にまたがり並走している小学生。名前こそ知らないけれどみんなどこかで見たことがある気がする。

この街の作り出す穏やかな空気にちょっとだけ感傷的になる。小さな公園で『好きなんだ』そう言ったなの姉の姿を思い出す。あの時は全然理解できなかった。だけどいまはあの言葉がストンと胸の中に落ちてくる。

なの姉はいつこの街の良さに気づいたんだろう。ここを出る前か。それとも後か。

前だといいな。そんなことを思った。

俺はそれが自分の手から離れて、距離ができてからしか気づけなかった。でも、なの姉にはそうなる前に大切なものに気づいて欲しいと思った。

「ありがとう」

車が県境を越える直前。呟きのように小さな声だったけれど、俺は父さんと母さんに感謝を伝えることができた。

ありがとう。俺のことを思ってくれて。ちゃんと尊重してくれて。

「頑張れよ」

父さんの声と母さんの「ふふ」と小さく笑う声が同時に聞こえた。自分の言葉も母さんたちの反応も、何だかとてもくすぐったかった。だけど、とても温かかった。


家々がひしめき合う狭い道を何度も何度も曲がり。やたらと多い信号で止まりながら。そうやってゆっくりと進んだ先に新しい住処《すみか》が現れた。

「おお、本当に来たな」

兄貴はボサボサの頭で、おまけにスウェット姿のままで出迎えてきた。

「修司、あんたまだそんな格好してるの？」

母さんが呆れたように言う。

「だって、どうせ来るまですることなかったし。今日は休みだし」

「だからって、せめて着替えくらいはしなさい？」

「はいはい。飯は？　どっか行く？」

「そうね。せっかくだから美味しいものが食べたいわね。荷物運んじゃうからさっさと出られるようにしときなさいね」

俺の荷物を運び終えるのとほぼ同時に兄貴の支度も終った。車は近くのパーキングに停めて。久しぶりに家族四人で並んで歩く。歩いてすぐの場所にある兄貴オススメの寿司屋で、家族四人仲良く肩を並べて昼食を取った。

「じゃあ修司、要のこと頼むわね」

そう言って母さんたちが帰ってしまうと久しぶりに兄貴と二人きりの時間が訪れる。兄貴は俺がこっちで進学すると聞いて一緒に住むことをすぐに快諾してくれた。『ちょうど部屋変えようと思ってたんだ』と俺のためにロフト付きの１ＬＤＫを探してくれた。俺はそのロフトに自分の荷物を運び込んだ。

「びっくりしたよ。まさか高校からこっちに出てくるとは思わなかった」

「こっちの方が学校たくさんあるし」

俺は荷ほどきをしながら適当に誤魔化した。

「菜乃花もいるしな」

突然聞こえてきたその名前に心臓が跳ねた。

「なっ……」

「要は昔から菜乃花のこと好きだったもんなー」

びっくりした。確かに昔から好きだったかもしれない。だけど俺がそれを自覚したのは二・三年前だ。その後兄貴には二回しか会っていない。当然なの姉を好きになったことなんか言ってない。話題にすら出していない。

「分かりやすいんだよ、要は」

「うるせえ」

ばれてしまってるのは仕方ない。それでも恥ずかしいと思うのは止められない。俺はガキみたいに拗《す》ねることしかできなかった。

「最近さ、菜乃花と連絡取れないんだよなー」

兄貴がわざとらしくよく通る声でなの姉の話題を振ってくる。それに俺はバカみたいにまんまと反応した。

「なんかあったの？」

「それがさ、分からないんだよ。いままではさ、誘いに乗ったことこそないけど返信までしてこないなんてなかったんだ。なのに、このところ何回連絡しても全く返信がないんだよ」

〝いままで〟

兄貴はいままでで何回なの姉と連絡を取っていたんだろう。俺がいない間もなの姉と兄貴の間に交流があったことが恨めしかった。

「仕方ない。一回、様子見に行ってみるかな？」

「俺が行くよ」

俺だってもう、すぐ会える距離にいるんだ。

「四月まで暇だし、俺が行く。なの姉の住所教えて」

「なんだ住所も知らないのか。連絡先は？」

「知らない」

どうせ会いに行けないからと住所を聞いていなかったことも、切り出せなくて連絡先すら知らないままでいたことも後悔した。兄貴はいつなの姉と連絡先を交換したんだろう。

「〇八〇……」

「何？」

「菜乃花の番号」

「待って！」

そんな考えを振り払い、俺は慌ててスマホを探した。

第三章　見えない世界　——菜乃花

かなちゃん？

ドアを開けるとそこには記憶に残っているよりだいぶ背の伸びたあの子がいた。

なんで？　どうしてここにいるの？

頭が混乱して言葉にならない。

「他に誰に見えるんだよ？　様子、見に来たんだ」

小さく笑いながらかなちゃんはそう言った。ああ。そうか。声に出ていたんだ、と遅れて気づく。

「様子？」

「中、入って良い？」

かなちゃんの言うとおりだ。こんなところで立ち話もなんだよね。体を少し引っ込めてかなちゃんの通るスペースを空ける。

「お邪魔します」

かなちゃんが私のすぐ目の前を過ぎゆく。通り過ぎざま、自分のとは違う柑橘《かんきつ》系の香りが鼻をかすめた。香水とは違う。シャンプーの匂いだろうか……。

「待って！」

咄嗟《とっさ》にかなちゃんの腕を掴む。

「すごいな」

遅かった。

「ちょっと疲れてて。た、たまたまだよ？」

〝ちょっと〟

〝たまたま〟

そんな訳ない。

ここ数ヶ月まともに掃除なんかしていない。カーテンすら開けていない。洋服だって脱いだままそこら中に散らばっている。季節に沿ぐわない夏物までもが。

「そうか」

馬鹿にする風でもからかう訳でもなく。かなちゃんの声は妙に淡々としていた。

「ちょっとここで待ってて」

そそくさと部屋に入り込み足元に散らばっている服をかき集める。

「別にいいよ、そのままで」

そう言ってかなちゃんはまた小さく笑う。

「でも、いくらなんでも……」

「じゃあ、俺も手伝う」

のろのろと片付ける私と違ってかなちゃんの手際は良かった。テキパキと散らばっている服やゴミをまとめていく。お陰で座るスペースはあっという間にできあがった。

「ありがとう。あの、コーヒーしかないんだけど……」

「うん。手伝おうか？」

「だ、大丈夫。ってか、本当。ごめんね？　さっき見たとおり……、キッチンは部屋の比じゃないの。ちょっとさすがに……引いたでしょう？」

「ああ。すごかった」

「そう、だよね」

「じゃあ、待ってるよ」

久しぶりにキッチンに立ちながらソファーに座るかなちゃんを盗み見る。

急にどうしたんだろう？　学校は？　様子って何？

次々と浮かび上がる疑問に対して答えは何一つ出てこない。

不意にかなちゃんがこちらに振り向いた。

「どうした？」

声は聞こえなかったけれど口の動きでそう発音したのが分かった。

盗み見ていたことが後ろめたくて慌てて電気ケトルのスイッチを入れる。お湯が沸くのを待つ間にコーヒードリッパーにフィルターをセットして。粉を入れて。それからしばらく待つとカチッと音を鳴らしてケトルがお湯が沸いたことを知らせた。

セットしたフィルターにお湯を回し入れると粉がゆっくりと膨らんでいき、芳ばしい香りが立ち上る。

久しぶりに鼻腔《びこう》に広がった香りが。誰かのために。何より、自分のために。コーヒーを淹れているということが。その事実が。チリチリと胸を締めつける。

コーヒーをかなちゃんの元へと運ぶ。

「お砂糖しかないんだけど……」

「そのままで大丈夫」

「かなちゃん、学校は？」

「卒業したよ。昨日、引っ越してきた。春からはこっちの高校に通うんだ」

「もうそんな時期だったんだ。待って？　引っ越しって……一人暮らし、するの？」

「いや、兄貴と一緒」

「あ、ああ。そっか。そうだよね。修くんも東京にいるんだもんね」

「何？　忘れてたの？」

「うっかりしちゃっただけ」

「ふーん」

かなちゃんはそれだけ言うとカップに視線を落とし何か考え込み出した。

聞きたいことはまだあったけれど。とにかくいまは頭が回らない。

私は話しかけるのを諦めてまだ熱いコーヒーを口へと運んだ。熱い液体を口に含むと懐かしい芳ばしさと苦味が広がる。

美味しい。

久しぶりにそう思った。いつの間にか味を感じなくなっていた私の舌を刺激する苦味を。久しぶりに鼻腔に広がる芳ばしい香りを。ゆっくりゆっくりと噛《か》み締める。

「なの姉、何かあったの？」

私が知っているのより低めの声が耳に届く。背が伸びただけじゃなくて声まで変わっている。なんだか知らない人みたいだ。

先程までカップに落としていた視線が真っ直ぐに私を捉えている。

ああ。この目だけは変わっていない。小さい時からずっと、私の知っているかなちゃんはいつでも真っ直ぐな目をしていた。いたずらをしておばさんに怒られた時も。上級生と喧嘩して泣いてた時も。どんな時でも。その瞳は曇ることがなかった。

……強くて、いいな。私も、少しでもかなちゃんみたいな強さを持てたなら良かったのに。

「なの姉？」

あった……。

色々なことがあったよ。

辛くて。悲しくて。抱えきれなくて。

……でも、全部終わった。

全部終わって、いまはもう、何もなくなってしまった。

何もかも。全部……。

「……大丈夫だよ」

どれも言葉にならなかった。

誰かに聞いて欲しかった。誰かに吐き出したかった。誰かに頼りたかった。誰かに支えて欲しかった。

でも、どんなに強さに憧れても私は強くはなれない。そんな勇気を持てない。

いつまでも弱いまま。ただ逃げることしかできない。

だってきっと。言葉にしてしまったら最後だ。

止められなくなってしまう。自分を保てなくなってしまう。

醜いところを誰かに見せるのが怖い。弱い部分を誰かに知られてしまうのが怖い。

そんな姿を見せてこれ以上誰かに嫌われるのが、怖い。

離れていってしまうことがどうしようもなく。堪《たま》らなく。怖い。

「ご馳走《ちそう》様」

かなちゃんはほとんど口をつけていなかったコーヒーを一気に飲み干してから立ち上がる。

その様子に、まただと自分を責める。

鉛のようなものが体に流れ込む。だけどそれは、全てを失った私に唯一残ったもので……。

そうか。私はまた失ってしまうのか。

意識の隅でそんなことを考える。

そうか。かなちゃんも——。

「取り敢えず。明日も来るから」

かなちゃんはそれだけを言い残し。外の世界へと飛び出していった。

かなちゃんの言葉を自分の声で繰り返す。生温かいものが頬を伝う。

「明日も来る」

明日も、来てくれる。良かった。

「明日も来る」

かなちゃんの言葉を繰り返しながら安堵する。

ああ。

ああ、こんなにも。こんなにも、私は寂しかった。見て欲しかった。会いたかった。

こんな風に泣くのなんていつぶりだろう。何もかもを失った私には涙すらも残らなかったのに。悲しくても。辛くても。泣くことすらできなくなっていたのに。それが、いまは確かに頬を濡らしている。そのことがなんだかとても愛おしくて。拭うこともせず。すっかり冷めてしまったコーヒーに手を伸ばす。

それをゆっくりと口に含むと芳ばしい苦味がしっかりと感じられた。そのことが嬉しくて。苦しくて。冷えたコーヒーをゆっくりゆっくり飲み下した。

＊

『いまから行く』

お昼前、かなちゃんからショートメールがあった。昨日の着信はかなちゃんだったのだと、その時知った。

カーテンを開け部屋の中に光を取り込む。太陽の光でさえただただ鬱陶《うっとう》しくて、ずっとカーテンを締め切っていた。

でも、今日はかなちゃんが来るから。そう思って開けたカーテン。遮るものがなくなった窓から差し込む光がキラキラと部屋に反射して眩しかった。

まずは顔を洗って肌を整えた。きちんと手入れされていなかった肌に化粧水がじわりと染み込んでいく。それだけで気分が上がっていくのが分かった。それからボサボサの髪を梳《と》かして。服を着替えて。身支度を整えると少しだけ気分がすっきりした。

部屋に戻ると隅にまとめられた衣類や文庫本が目についた。衣類を拾い上げる。それを洗濯機に放り込みスイッチを入れるとジャーと大きな水音が部屋に響き渡った。その次は文庫本。山積みされたそれらをカラーボックスに並べる。買ったきり読んでいないものが何冊もあった。

部屋にはゴウンゴウンと洗濯機が立てる音が響いてる。目の前には読んでいない文庫本が並んでいる。

本当に、何もしないで日々を過ごしてたんだな、と他人事のように思う。

仕方ない。だってあの日。私は全てを失った。自分自身すらを失ってしまった。だから、快適に生活をする工夫なんて必要なかった。呼吸をするのがやっとだった。

整理された部屋が初春の爽やかな日差しに照らされて、少し広くなったように感じる。

いつからあんなに汚れていたんだろう。よく気にならなかったな、と自分自身に呆れる。

それでも――。

それ程までに、昨日までの私には何もなかったのだ。身支度を整えるのも。部屋を片付けるのも。気力もなければ意味も感じられなかった。

だけど、今日はかなちゃんが来るから。だから部屋を片付けることができた。身支度を整えることができたんだ。

「お、今日は片付いてるんだな」

からかうようにかなちゃんが言う。

「昨日はたまたまって言ったでしょう？」

部屋の中に彼を促しながら軽く抗議。かなちゃんの中の私を壊したくない。頼れるお姉さんでいたい。

「何か用だった？」

「用？」

コーヒーを淹れながらソファーに座っているかなちゃんに問いかけてみた。

「昨日は聞きそびれちゃったけど、何か用事があって来たんじゃないの？」

「様子、見に来たって言わなかったっけ？」

ああ、確かにそう言っていたかも。

だけど——

「様子って？」

「兄貴が『菜乃花と連絡取れない』って言ってたから」

さすが兄弟だ。モノマネが上手い。

じゃなくて、

「そっか。ごめんね。本当に忙しくて」

なるべく自然に微笑む。

大丈夫。ちゃんと笑えてる、はず。

「なんで……」

かなちゃんが俯きながら小さな声を漏らす。だけどその声はとても小さくて聞き取れない。

「え？」

聞き返すのとほぼ同時にかなちゃんが立ち上がる。

窓を開け、備え付けの小さなバルコニーから外を見つめ、

「いいね、ここ」

と今度は聞き取れる声で褒めてくれた。

「うん。この景色に一目惚れで借りたんだ」

多くの人で賑《にぎ》わう駅前から程良く離れた静かな住宅街。少し広めに間隔を空けて建ててある家や小さなアパート。道路沿いに植えられた桜の木。特別なものはないけれどどこか落ち着く、大好きだった場所。

「なの姉らしい理由だな」

そう言うかなちゃんの顔は大人びていて私の知らない微笑み方をしていた。

＊

その日から、かなちゃんは毎日訪ねてくれた。私が仕事に行っていないことに気づいてはいるのだろう。だけどそのことに触れることはせず、毎日訪ねてきてくれた。

一度、

「どうして毎日来るの？」

と聞いてみた。

けれどかなちゃんは、

「暇だから」

とただ一言、それだけを理由に毎日来てくれた。

かなちゃんは毎日毎日。一日だって間隔を空けずに。うちに来てはスケッチをして過ごしていた。かなちゃんは昔から絵を描くのが好きだったな、なんて思い出しながら、私はかなちゃんのためにコーヒーを淹れて。そうやって日々を過ごしていた。

その日は差し込む陽がとても暖かい、天気のいい日だった。

「何描いてるの?」

クロッキー帳を覗き込むと、そこには力強い線で、それでいて柔らかな雰囲気の街並みが描かれていた。

「すごい! かなちゃんまた上手くなってる!」

「あ、見るなよ。まだできてないんだから」

「いいじゃない。場所を提供してる特権だよ」

「理不尽……」

拗ねながら言うかなちゃんは私の知ってるかなちゃんで。なんだか少し嬉しかった。

「かなちゃん。コーヒー飲む?」

「うん、飲みたい」

粉を蒸らしながら窓際に座っているかなちゃんに目を向ける。

あそこから見える景色に一目惚れして借りたはずなのに。いつの間にかそのことを忘れていた。

その良さが分からなくなっていた。通りにぽつぽつと植えられた桜の木も。どこか懐かしい趣のある家も。その中に突如現れる個性的な外装の小さなカフェも。ここに来たばかりの頃はどれもが魅力的で。無条件に私をわくわくさせてくれていた。

そのはずだったのに――。いつの間にか見ることすらしなくなっていた。見られなくなっていた。それどころか、好きだったはずのこの場所でさえ。私にとっては苦痛にしかならなかった。

どこかの家から漂ってくる夕食の匂いも。話し声とともに近づいては離れていく足音も。明るい陽の光と共に訪れる朝も。しんと寝静まった夜も。何もかもが憂鬱で仕方なかった。なんであの人たちは笑うことができるんだろう。なんで朝起きて夜眠ることができるんだろう。なんで……。

どうして、私にはそれができないんだろう。以前は当たり前にできていたことが嘘だったみたいに。私には何一つできなくなっていた。笑うことも。泣くことも。朝、起きることも。夜、眠ることも。いままで無意識にできていたことが方法すら分からなくなった。

この先、またあんな風に普通の生活を送ることはできるのかな。もしかしたらずっと。もうずっとこのまんまなんじゃないかな。たった一人。この部屋で。毎日毎日。不安に押し潰されて。

そう思ってた。

でも——。

『明日も来る』

かなちゃんがそう言ってくれた日。少し。ほんの少しだけど。世界が私を受け入れてくれたような気がした。外を歩く人の声が、足音が。少しだけ気にならなくなった。長く辛かった眠れない夜が少しだけ和らいだ。眩しくて目を閉じてしまいそうになるけれど朝の日差しが少しだけ暖かく感じた。コーヒーが美味しいと思え、た？

コーヒー！

コーヒーを淹れていたことを思い出す。

慌ててドリッパーを見ると膨れていたはずの粉が見事に萎《しぼ》んでいた。棚から新しいフィルターを取り出してコーヒーを淹れ直す。

かなちゃんがいなかったらそのままお湯を注いでただろうな。

新しく蒸らされる粉を見ながら自然と口角が上がっていく。そんな自分が信じられなかった。だけど。それも。悪くないなって。思えた。

「どうぞ」

「今日はやけに丁寧に淹れてたんだな」

かなちゃんがクロッキー帳から顔を上げる。

「ちょっと失敗しちゃって。淹れ直してたの」

「別にいいのに」

本当にどうでも良さそうに言うもんだから、

「ふふ」

思わず笑ってしまう。

「何？」

「かなちゃん、最初に来た時もあの部屋を見て同じこと言ってたなと思って。それ、口癖だったっけ？」

「口癖じゃないけど。本当にそう思ったからさ」

かなちゃんの言葉に驚いた。親の前でも友達の前でも色々なことに気を回してきた私にとって、その言葉はとても新鮮だった。そうか。かなちゃんの前ではそんなことに気を回さなくてもいいんだ。

「うん、美味い」

かなちゃんの言葉は、一つ一つがじわりと私の胸を温めてくれる。

「ありがとう」

「何が？」

「ふふ。こっちの話。それより絵、随分描いたね」

「だな」

かなちゃんはそう言うとカップを机に置いて窓際へと向かう。

「なあ、なの姉」

「何？」

「確かさ、近くにでかい公園があったよな？」

「うん」

「行って、みないか？」

少しの間迷う。しばらくまともに外に出ていない。外に出る必要も気力もなかった。

それに、何より……。

外に出て、普通に生活をしている人たちに混ざるのが怖かった。私の居場所なんてどこにもない。その公園には平日も休日も。暑い日も寒い日だって人がいる。たくさんいる。溢れてる。

でも……かなちゃんの後ろでは陽の光が降り注いでいる。

「うん……。行ってみようか」

断ることもできたけれど、今日なら外に出てみてもいいかもしれない。そう、思えた。

玄関を開けると冷たい澄んだ空気が満ちていた。上を見上げれば大きな空には雲一つなくて。ただただ広いだけの青空が広がっている。風が吹くとまだ少し寒い。大きく息を吸い込むと冷たい空気が肺に広がっていく。

「いい天気だね」

「そうだな」

本当に、いい天気だなぁ。

「かなちゃん。ちょっと寄り道してもいい？」

「別にいいよ。どこに行くんだ？」

「ふふ」

天気が良くて。風が冷たくて。そういったものを感じられるのが嬉しくて。

だから誰かに。かなちゃんに。私のお気に入りを教えたくなった。


「いらっしゃいませ」

シンプルな作りの白い建物。店内はゆったりと落ち着いた音楽と芳ばしい香りで満ちていた。

引っ越してきて初めて入ったお店。コーヒーが美味しいお洒落なカフェ。一度訪れてからずっとお気に入りだった。大好きだった場所。

「テイクアウトでホットコーヒーを二つください」

「はい。ただいまお淹れ致しますので少々お待ちください」

店主さんはすぐに準備を始めてくれる。

「寄り道ってカフェだったんだな」

「うん。私のお気に入りの一つ」

かなちゃんの顔が綻《ほころ》ぶ。

「いい雰囲気の店だな。秘密にしときたくなる感じだ」

「そうなの。かなちゃんにも分かる？　私も初めて来た時そう思ったの」

「でも、教えてくれた」

「かなちゃんにね。教えてあげたくなったの」

「……なんで？」

「天気がね、良かったから。ここのコーヒーは格別に美味しいんだよ」

「ありがとうございます」

店主さんがにこやかにテイクアウト用のカップを差し出してくる。

「豆選びにこだわっている甲斐《かい》があります。以前も何回かいらしてくださってましたよね」

「覚えてくださってたんですか？」

「いつも美味しそうにコーヒーを飲んでくださっていたので。最近はお忙しかったんですか？　是非またお顔を見せにいらしてくださいね」

「はい。ありがとうございます」

かなちゃんにお気に入りを褒めてもらえて。店主さんが私を覚えててくれて。それだけで立ち寄って良かったな、と思う。

「最近、行ってなかったんだ？」

「うん。少し前はほとんど毎日行ってたんだけど……。ほら、最近は忙しかったからね」

　あそこのコーヒーの味まで分からなくなっていたら嫌だったから。大好きだったものを嫌いになってしまうのが怖かったから。そう思うといつの間にか足が遠退《の》いていた。行けなくなってしまっていた。

　そのはずなのに――。

　今日は行きたいと思った。

　そのはずなのに――。

　あそこのコーヒーを飲みたいと思った。

　そのはずなのに――。

　かなちゃんに、あの場所を知って欲しいと思った。

　横幅のある石段を降りて、入り口に立っている大きな桜の木を横ぎるとそこにはたくさんの人たちがいた。

「思ったより人が多いな」

「うん」

　そう答えながらも思いのほか軽い足取りに安堵する。良かった。いつもなら賑やかな話し声も。鳥の囀《さえず》りも。空の青さや暖かな日差しでさえ。そこにあるだけで気分を重くしていた全てのものが、今日はあまり気にならなかった。

　こんな気持ちになったのはいつぶりだろう。体感ではそれはとてつもなく長い時間だったように感じる。でも、ちゃんと計算すれば半年。長くても一年ってところだろう。たったそれだけの間に私はあまりにも多くのものを失ってたんだな。

「あっちの方、行ってみてもいいか？」

「うん。絵、描くんでしょう？　かなちゃんが描きたいと思う場所に行こうよ」

　ごった返す人混みの中を、その流れに乗りながら入り口の石段を降りる。それから小さな橋を渡ってすぐの池沿いにあるベンチに腰を下ろした。

　かなちゃんは温くなってしまったコーヒーを一口飲んで、

「美味しい」

　とそう言ってからクロッキー帳と鉛筆を取り出した。

「都会って感じだな」

　私に背を向ける形で座り直してからかなちゃんが呟く。

かなちゃんに倣って私も視線を動かして。同じ方向を見てみる。

「人が多いから？」

「それもあるんだけどさ。池と木だけの公園の後ろに、ああやって大きい建物が急に入り込む感じがさ。都会って感じしない？」

確かにそうかも。いままで気にしていなかった、ただの背景でしかなかったその建物が急に輪郭をはっきりとさせ、風景の一部になっていく。同じ景色を見てるはずなのに。かなちゃんの視点だと全く違う景色に見えた。

そういえば、前にも似たような風景を見たな。都心に突如現れた菜の花畑。黄色の小さな花々の後ろには大きなビル群がそびえ建っていてとても印象的だった。

桧山さんが連れていってくれた場所。その景色も。海から運ばれる潮の香りも。桧山さんの声も。姿も。失ったいまでもまだはっきりと思い出せる。あの時が私の人生のピークだった。

だとしたらこの先には、一体何が待っているというのだろう？

――シュッシュ。

鉛筆がクロッキー帳の上を滑らかに滑る音が耳に届く。その音が耳で反響して。なんだかとても心地良くて。広がる不安に押し潰されないよう。その音に意識を集中させてみた。

そうしていると、体の右側に、微かにかなちゃんの体温を感じることができた。

遠くの方から小鳥が囀る声が小さく届いた。


「寒くなってきたな」

どれくらいの時間が経ったのか、真上にあったはずの太陽は西に傾き始めていた。

青かった空は半分を橙《だいだい》色に染め上げている。

「そうだね。それが描けたら帰ろうか」

「もう描けたよ」

「見たい！」

かなちゃんが、

「ん」

と描き上がった絵を差し出してくれる。

「すごい……。綺麗……」

素直にそう思った。

かなちゃんの描いた絵は本当に綺麗だった。細かく見ると力強いタッチなのに。全体を見ると柔らかい、優しい印象の絵になる。描かれているものは全てに命が宿っているようで。呼吸や植物が水を吸い上げる音までもが聴こえてくる感じがする。

きっと、かなちゃんの目には、世界はこんな風に優しくキラキラと輝いて。だけど力強く、一つ一つの命がしっかりした輪郭を持って。

それが、かなちゃんに見えている世界で。それが、かなちゃんのいる世界で。

同じ景色を見ているはずなのに。どうして私の目には優しく映ってくれはしないのだろう。どうして全てが鋭く見えてしまうのだろう。どうして全てが冷たく感じるのだろう。どうして私の世界はこんなにも——。

「片付けるから貸して」

「ねえ？　かなちゃん」

「ん？　何？」

聞き返すかなちゃんの声が心地良く耳に響く。

「あのね。この絵を貰うことはできないかな？」

きっと、私にはこの景色は見えない。どんなに願っても。

きっと。ずっと。

だからせめて。かなちゃんが見た景色が。その世界が。反映されているこの絵が。

どうしても欲しいと思った。

「それ初めて描いたやつだからなぁ。下手だろ？　せっかくなら何回か練習してから、もう少しまともなのやるよ」

「ううん。この絵がいいの。それに下手だなんてとんでもない！　とっても素敵よ？　私ね。かなちゃんの描く絵、大好きなんだ」

まだ幼いその顔が、微かに赤く染まる。

小さく息を吐いてから、かなちゃんはその絵をクロッキー帳から切り離しそっと差し出してくれた。

「うん。やっぱり好きだなぁ。かなちゃんの絵、すごく好き。大好き」

微かに赤かった顔がみるみる真っ赤に染まっていく。くるくると変化する色が面白くて愛おしくて。私は何回もその世界を褒め続ける。

その度に赤みを増す頬が。そっぽを向いた横顔が。頭を掻《か》く仕草が。少しスピードの上がった歩調が。私の足元をふわふわとさせて、まるで雲の上を歩いているみたいで。軽やかに歩みを進められた。

その日はそのまま駅でかなちゃんと別れた。久しぶりに一人で歩くその街はたくさんの人と様々な匂いで溢れていた。部活帰りの高校生、小さい子供を連れたお母さん。焼き鳥やラーメン、様々な種類のお惣菜《そうざい》。

そういえば、最近はまともなものを口にしていない。外に出たついでだ。何か美味しいものを買って帰ろう。

――チン。

静かな部屋に電子レンジの高い機械音が響く。

一度落ち着けた腰を上げて温められたお弁当を取り出す。それからもう一度ソファーに腰を落ち着ける。プラスチックの蓋を開けるとゆらゆらと立ち上る湯気とともに唐揚げの匂いが広がった。

何を食べたかったのか。何を食べればいいのか。それが分からなくて、チェーンのお弁当屋さんで買った安い唐揚げ弁当。たまたま入ったお店で一番多く用意されていたもの。

「いただきます」

他に誰もいないけれど小さな声で言い手を合わせる。

安値の唐揚げを、せめて割り箸ではなく家にある木製の箸で口へと運ぶ。一口噛むだけで鶏肉の味と揚げ物油の味が口の中に広がって。胸が詰まった。

味を確かめるように何度も何度も噛み砕く。何度も何度も。丁寧に。

いま、私の味覚を刺激しているのは紛れもなく唐揚げの味だ。それだけのことがとても嬉しかった。何を食べているかはっきりと分かる。そのことがどれだけ重要なことなのか、私は十分すぎる程思い知っている。唐揚げを飲み込んで、ご飯を口の中へと放り込む。それもちゃんとお米の甘味がした。

夢中になりながら、ただひたすらにお弁当を食べ進めていく。プラスチック容器の中が減っていく度に、体の奥がじんわりと温かく満たされていった。

お腹を満たし、シャワーを浴び。ベッドに潜り込むと一気に疲れが押し寄せてきた。たったあれだけの距離を歩いただけで私の足はむくんでパンパンだった。おまけに体は鉛のように重くなっている。だけど頭だけはやけにすっきりとしていて。ベッドに体を沈めながら、明日を思う。

明日は何をしよう？　また公園に行こうかな？　あのカフェでゆっくりするのもいいかもしれない。かなちゃんは何なら喜んでくれるかな？　明日も、晴れるといいな。

そんな風に明日に想いを馳《は》せながら、訪れる睡魔に意識を預けた。


真っ暗だった。寒さに目を開けるとそこには真っ暗な空間が広がっていた。まだ夜中なのかなとも思ったけれど……。しばらく目を凝らしてみても一向に何も見えてこない。

おかしい。いくら夜中だとしてもこんなに何も見えなくなる程暗いはずはない。眠れない夜を何日も過ごしてきたから知っている。夜中でも、目が慣れれば物の位置がはっきりと分かる。この世界は夜でも光を失わない。月や星。何より人工的な灯《あか》りがこんなに完璧な暗闇にはしてくれない。

それなのに、いまはいくら目を凝らしても何も見えない。

『雪代さん……』

誰？

聞こえてきた声はあまりに小さくて。でもすぐに、耳に意識を集中しなくてもはっきりと届く大きさになった。

『何考えてるんだろうねー』

『桧山さんがいるのに何様？　って感じ』

『俺も一回くらい誘ってみれば良かったかな？　ワンチャンあったかもだし』

『何考えてるか分からないようなあんな人、やめといたほうがいいって！　怖いじゃん』

『絶対、変な病気持ってるよねー』

『っていうかさー、桧山さんを裏切っといてなんで笑ってられるの？』

『神経図太すぎじゃない？』

『嘘ついて桧山さん誘惑して、更に傷つけるとか。マジあり得ないんだけど』

『うざいよね。ていうかキモい』

『なんで平気な顔して出てこれるの？　私なら無理。絶対無理！』

『どうせ大した仕事できないんだから辞めちゃえばいいのにね』

違う！　違うよ。嘘なんかついてない。騙《だま》してもいない。私はそんなことしてない。

そんな人間じゃない。

言いたいのに、喉が詰まって。息が苦しくて。とても声にならない。

『ていうかさー、マジで。死んじゃえばいいのにね』

細く張り詰めていた糸が切れる音が聞こえた。

だって、一人ぼっちだ。味方なんてどこにもいないじゃないか。酷い言葉を吐く彼らですら声だけで。姿を見せてくれはしない。誰も私を信じてくれない。必要としていない。消えて欲しいと思ってる。

確かに、彼らの言葉は間違っていないのかもしれない。

彼らの言うとおり、私は嘘つきで。うざくて。図太くて。おかしくて。消えてしまってもなんの支障もない存在なのかもしれない。

誰もいない。何もない。私がここにいる意味も。価値も。何もない。それならばもう……。こんな自分なんか……。終わりにしてしまった方がいいんじゃないだろうか？

目を閉じて息を止める。だんだん苦しくなっていく。空気を吸い込みそうになる鼻を、それでも息ができないようにきつくつまみ直す。真っ暗だった目の奥が白く、明るくなっていく。もう少し。

そう思った時。

誰もいなかったはずなのに。右腕に微かな。でも、確かな温もりを感じた。

耳の奥で大きく脈打つ心臓の音が響く。鼻をつまんでいた手を離して一気に空気を吸い込む。足りなくなっていた酸素を必死に取り込むことに追いつけず肺が痛む。心臓が全身に酸素を巡らせるためにバクバクと鼓動する。

痛い。苦しい。それでも、動いている心臓に。膨らんでは縮む肺に。体を巡る血液の温かさに。生きているんだと実感する。

いつの間にか、周りに響き渡っていた声は聞こえなくなっていた。

＊

瞼に差し込む光に目を開ける。顔に感じる冷たさのお陰で布団に包まれている体の温かさをよりはっきりと感じることができた。

そろそろと体を丸めて自分を抱き締める。私が存在していることを確かめるように。消えてしまわないように。この温もりが、冷めてしまわないように。

昼過ぎ、私はまた公園に来ていた。隣にはやっぱりかなちゃんが座っていて、今日は池に浮かぶボートを描いている。人が少ないからか鳥の囀りが昨日より大きく聞こえてくる。

「昨日より人が少ないね」

「まあ、一応平日だしなぁ」

「もう少ししたら桜が咲くね」

「そうだな。咲いたらどんな感じなんだろう？」

「桜の時期はすごいんだよ！　こうやって座る場所を探すのも大変なくらい人が集まるの！」

「ああ。そっか、花見か。綺麗だろうけど、確かにその分人も多そうだよな」

「うん」

熱中できるものがあるっていいな。

私の話に短く答えながらも、かなちゃんの手は止まることなく動き続けている。その横顔は生き生きとエネルギーに満ち満ちていて。

「ねえ、かなちゃんはどうしてそんなに上手に絵が描けるの？　コツとかってあるのかな？」

「なんだよいきなり。コツとかはよく分かんない。でも、描くのは好きだからたくさん描いたよ。何？　描くなら紙と鉛筆貸すけど？」

「あ！　違うの。ただね、羨ましかっただけ。絵を描いてる時のかなちゃん、とってもいい顔してるから」

「じゃあ尚更。描いてみたらいいじゃん」

「いやいや！　知ってるでしょう？　私、本当に絵心ないんだから！」

「何年も前の話だろ？　それに、これはただの遊びだ。描きたいものはなの姉が自分で選べばいいし。授業の時よりは上手く描けるんじゃないか？」

「そういうものなのかな？」

「そうだって！　いいから描いてみなよ。暇なんだろ？」

クロッキー帳から切り離された紙と鉛筆を渡される。

自分の絵の実力は知っている。かなちゃんの絵と比較しなくても下手くそだ。そもそも私の絵を下手くそだと笑ったのはかなちゃんだった気がする。

「もう破いちゃったからさ。まあ、取り敢えず描いてみなって」

そう言うかなちゃんの表情には下手な絵を期待するような好奇心はなくて。私はおずおずと手を伸ばし、かなちゃんに倣って鉛筆を動かしてみることにした。

「人には向き不向きがあるからな」

「だから言ったのに。私には！　本当に！　絵心がないの！」

駅までの道を歩きながらかなちゃんはまだにやにやと笑っている。

「あーあ。やっぱり見せるんじゃなかったなぁ」

「ごめん。もう笑わないから。な？」

「別に笑っていいよ？　あの画力だし？」

「ふっ。ほら。そんなに拗ねるなって」

「それでも！　もう描かない」

「えー」

「だって！　かなちゃんに笑われたのこれで二度目だよ？」

「あー、あれは。ふっ。酷かったなぁ」

「ほら！　また！」

「待てって！　いまのは誘導しただろ？」

「してないよ！　割と真面目に怒ってるんだよ！」

「ごめんって。あ、そうだ。コーヒー！　あそこのコーヒー奢《おご》るからさ。な？　許してくれよ」

「いいよ。学生に奢ってもらうなんて。そんなの飲めないもん」

隣を歩くかなちゃんの足が一瞬止まる。

どうしたのかと立ち止まろうとすると、かなちゃんはすぐにまた足を前に出した。

「学生だけどさ。バイトもしてないけどさ。お年玉とか小遣い貯めてたから、コーヒーくらいなんてことないよ。誕生日が来たらバイトだってするし」

いままでより少し低いトーンで、力強い視線を私に向けながら、かなちゃんは呟く。絵を描いてる時と同じ目だ。黒々とした瞳に強い力を込めた真剣な目。

「そっか。でも今日は遠慮しとくよ。ありがとう」

曇りのないその瞳に私が映っていることがとても嬉しくて。同時に、とても苦しかった。

＊

外ではザァザァと大きな音を立てて大量の雨粒が暗い空から降り注いでいた。

かなちゃんは隣に腰掛け今日は勉強をしている。入学前に渡された課題なのだろう。

「修くんのとこでやればいいのに。雨の中わざわざここまで来るの大変だったでしょう？」

「別に？」

「でも電車代だってかかるし。毎日はやっぱり大変じゃない？」

「何？　邪魔だったりする？」

「邪魔じゃないよ。それにそんなのって、今更じゃない？」

「そうだな。でもそれなら俺が来るのだって今更だろ？」

「そうだけど」

「家にいても暇だし」

「課題があるじゃない」

「ここでもできるし」

「そうだけどね。なんかね、良いのかなって思うの。受験後の春休みってすごく貴重でしょう？　入学式まで日にちもあるんだし中学の友達と遊んだりしないのかなって」

「近くにいないからなぁ」

かなちゃんは私の問いかけに答えながらも黙々と手を動かし続けている。

強く降る雨の音にシャーペンの音が交じる。

「どうして、こんなに早くにこっちに来たの？」

ずっと疑問だった。入学の準備があるとしたっていくらなんでも引っ越してくるのが早過ぎる。

「かなちゃん？」

部屋の中に雨とシャーペンの音だけが響き渡る。

「菜乃花さ」

不意にかなちゃんが私の名前を呼ぶ。

「やっぱさ、なんかあったんだろ?」

視線は課題に落としたまま、静かな声で聞かれた。初めて訪ねてきた日と同じ声で、同じことを。

「大丈夫だって。それに〝菜乃花〟じゃなくて〝なの姉〟でしょう?」

嘘をついてるのを誤魔化すように明るい声で大人ぶる。

いつの間にかシャーペンの音が消えていて。部屋には雨の音だけが満ちている。かなちゃんの力強い瞳は真っ直ぐに私の姿を捉えていて。

「コーヒー、淹れようか」

なんだか胸が詰まってしまって、逃げるように立ち上がる。

それを、私のよりだいぶ温度の高い手が掴んで阻む。

「仕事は?」

「前のところは辞めたんだ。いまは新しいところ探してるの。要するにプー太郎ってやつ?」

私って嘘つきだな。夢の中で言われたとおりじゃないか。

掴まれた腕が熱い。かなちゃんの熱がどんどん伝わってくる。繋がった部分から熱だけじゃなく私の気持ちまでかなちゃんに伝わってしまいそうで、とてもソワソワする。落ち着かない。どうかこんな汚い気持ちなんか伝わりませんように。ばれてしまいませんように。

神様なんて今更信じない。だけど卑怯《ひきょう》な私はこんな時ばかり熱心な信者ぶって、神様に願う。

「子供だから？　俺がガキだから？　頼りないから？　だからそうやって強がるのか？」

小さく、苦しそうな声だった。

「違う！」

違う！　そうじゃない。かなちゃんにそんな顔して欲しいんじゃない。そんなこと思ってない。

「違うよ！　本当に何もないだけ。ね？　だから。そんな顔、しないで？」

あまりにも辛そうな顔をするから、私は堪らなくなってかなちゃんの足元にしゃがみ込んで、その頬に手を添えた。

かなちゃんがそんな顔する必要ないんだよ？　私なら大丈夫だから。だって大人なんだもん。だから一人でも大丈夫。あなたが苦しむ必要なんてないんだよ？　だから。お願いだから。そんな顔しないで。

「そんな顔って。それは菜乃花だろ？　強がるな！　大人ぶるな！　カッコつけようとするな！　頼ってくれよ。支えさせてくれよ。頼むから、勝手に壁を作るなよ。辛いなら辛いって言えばいい。苦しいなら苦しいって言えばいい。隠さなくていい。嘘をつかなくていい。そんな姿になるまで我慢しなくていいんだ。……それでも。それでも、嘘をつくなら。隠そうとするなら。壁を作るなら！　頼むから、笑っててくれよ。そんな顔しないでくれよ。なのに……。どうして……。菜乃花が笑えないなら、救われないなら、なんのための嘘だよ？　そんなのに意味なんてないじゃないだろ」

かなちゃんの瞳から涙が溢れる。拳を震わせながら、いつもは強い光を携えた瞳からたくさんの涙を流して。かなちゃんが泣いている。

「好きなんだ……。俺は菜乃花のことが好きなんだ！　だから、会いたかった。近づきたかった。そう思ったから、この場所に来ることができた。ずっと見てた。ずっと見てきた。追いつくたくて、隣に並びたくて。だから進めた。迷わず歩いてこれた。好きだ。好きだ、好きだ、好きだ！　俺は、菜乃花を――」

その瞳に涙を溜めながらそれでも真っ直ぐに私を捉えて。「愛してる……」強いかなちゃんは隠さずに伝えてくれた。かなちゃんの好きが近所のお姉さんに向けられたものじゃないのなんて分かる。強く、はっきりと伝わってくる。

だけど――。

「……また来る」
この期に及んでも。
私は言えなかった。
見せられなかった。
知られたくないと。
思ってしまった。

第四章　見続けた場所　――要

ずっと見てた。ずっと見てきた。

早く追いつきたくて。俺も隣に並びたくて。

守ってあげたかった。

だけど、どれだけ強く思ってもそれは一方通行でしかなくて。あの人はそんなこと求めてなかった。

あんな姿を、あんな顔を見ても。俺には何もできない。話すら聞いてあげられない。

あの人との間に居座る九年という時間を呪うことしかできない。

ああ。早く大人になりたい……。

＊

電車に揺られながら俺は完全に浮かれていた。街を歩くきらびやかな人。見たことのない大きなビル群。絶え間なくやってくる電車。それもだけど、やっとなの姉に会える。そのことが俺を浮かれさせた。

思っていたよりも早く、会いに行く口実ができた。最後に会ったのはもう随分前だ。それまでは長期休暇の時期になると必ず帰ってきてたのに、大学を卒業してからは帰ってくることが少なくなった。その回数はどんどんと減っていき、去年は一日だって帰ってこなかった。

でも、やっとここまできた。これからは俺が会いに行けばいい。

はやる気持ちにブレーキをかけるように電車は一つ一つの駅に停車する。

早く動け。

念じたって仕方ないけれど、停車する度に何度も唱えてしまう。それでも電車は、当たり前だけど駅に差しかかる度にスピードを落とし。止まり。人を乗せて。動いて。一定の速度と時間を守りながら走り続けた。

電車を降りて、なの姉の住んでいる街を歩きながら思う。街並みは独特で。歩いている人たちの纏っている洋服もなんの統一感もなくて。なのになんだか。とてもいいものに見える。根拠なんてないけど、この場所はなの姉が住むのにぴったりなところだと思った。

少し奥まった場所に居室数の少ないアパートが建っていた。その建物は若い女の人が住むには少し古すぎる気がして、兄貴に教えてもらった住所をもう一度確認する。兄貴の覚え違いでなければ、やっぱりこのアパートになの姉は住んでいるみたいだ。

緊張しながら階段を上る。深呼吸をしてからチャイムを押す。だけど返事はない。物音一つしない。俺は思いっきりため息をつき、さっきまでの舞い上がってた自分を恨んだ。

春休みの俺とは違い社会人にとったら今日はなんでもない平日だ。そんなことになんで気づかなかったんだろう。せめて、きちんと連絡がついて、いる日を確認してから来るべきだった。

ポッケにしまってあるスマホを取り出して、兄貴から教えてもらったばかりの番号にもう一度かけてみる。仕事なら今日は会えないかもしれない。でもこのまま帰るなんて嫌だ。

何回かコール音が繰り返された後、二十分前と同じ留守番電話の機械音声が流れた。

仕方ない。浮かれて飛び出してきた俺が悪い。来たばかりの通路を引き返す。

でも、階段に差しかかろうとしたその時。背後から物音が聞こえた。

部屋を間違えた。一瞬、本当にそう思った。ドアから覗いている顔は青白く、髪もボサボサで、少しだけ見えるその体はそれだけでも分かるくらい細く弱々しかった。

それでも、僅かに上げた顔から覗くその目は。見たことない虚《うつ》ろなものだったけど。

それでも、間違いようもなく。それはなの姉のものだった。声も同じだった。

「かなちゃん?」

聞き逃してしまいそうなくらい小さかった。力なんて全然こもっていない。でも、
確かにそれは俺の知っているなの姉の声だった。

訳が分からなかった。なの姉の姿は、風邪とか寝不足とかそんなもののせいなんか

じゃなかった。なの姉から感じる空気は生きている人のそれとは全然違った。

どうしてなの姉はこんな姿をしてるんだ？　たった一年ちょっと会わなかっただけなのに、どうしたらこんなことになるんだ？

部屋の中に入って確信した。なの姉の身に何か大変なことが起きたのだと。

「すごいな」

おかしい。几帳面《きちょうめん》だったなの姉の部屋が俺の部屋より汚れているなんて。あり得ない。

「ちょっと疲れてて。た、たまたまだよ？」

そんな訳ない。そんなことでここまで汚れるもんか。いますぐ何があったのか問いただしたい。だけど。まずは。まずはこの状況を整理して、俺が落ち着かなければ。

だって、問いただすことができないくらい、目の前のその人は弱っている。

散らばっていたものを簡単にまとめてからソファーに座る。改めて部屋の中に視線を巡らす。女の人の部屋を観察するなんて失礼なことなんだろう。でも、俺には情報が必要だった。

隅にまとめられた服は部屋着ばかりで、スーツとかブラウスとか。そういった外に着ていくであろう服は一着だって見当たらなかった。転がっていた本にも開かれた様子はなくて新品みたいに綺麗なままだった。時間が止まったままなんじゃないかと思うくらいなの姉の部屋からは人が生活している空気を感じなかった。それどころか、この部屋にはうっすらと恐怖すら漂っていた。混乱しすぎて、なの姉の視線に気づいても上手く声が出せなかった。

それくらいこの部屋が。なの姉の姿が。俺を不安にさせた。


なの姉は両手にマグカップを持って戻ってきた。

改めて目にしたなの姉はさっきよりは落ち着いてはいた。けれどその落ち着きがかえってその異様さを際立たせていた。不健康なくらい痩せ細った体。唇にも肌にも瑞々しさはなく、纏っている空気はいままで感じたことがない重さを含んでいる。だけど、それがなんなのか。何が原因なのか。俺には想像すらできない。

「なの姉、何かあったの？」

だから聞いた。悔しいけど、いまの俺には聞くことしかできなかった。たった十五年の経験じゃなの姉が抱えているもののほんの一部ですら想像もつかない。

だけど、少しの間を置いて耳に届いたのは答えじゃなかった。

「……大丈夫だよ」

俺の耳に届いたのは助けを求める言葉でも。弱音ですらなく。強がるばかりの嘘だった。

腹が立った。こんな状態になっても強がるその人に。こんな時に手を差し伸べることさえ許されない自分の未熟さに。

まだほとんど口をつけていないコーヒーを一気に飲み干す。

まだ熱いそれが喉をヒリヒリさせながら胃に落ちていく。熱さを振り払うように勢い良く立ち上がる。床に置いていた上着を羽織る。靴を履きドアノブに手をかけ力を込める。この場所に留まるのが辛かった。あんなに焦がれていたはずなのに、いまは早くその人から離れたかった。

だけど、それでも……。

「明日も来るから」

いま辛いのは。本当に苦しいのは。俺じゃない。好きな人を助けることも甘えてもらうこともできないけど。胸がキリキリと痛むけど。悔しくて情けなくて。目の奥から熱いものが湧き上がるけど。

だけど――。

でも、間違えちゃいけない。いま辛いのは俺じゃない。泣くべきなのは俺じゃない。一回帰って。整理して。それからもう一度会いに来よう。俺にできることなんてそれくらいだから。せめて隣に居続けたい。

車窓から差し込む光に目を細めながら、誓うようにそう決意した。

＊

親から仕送りはある。それでもやっぱり兄貴に頼らないとやっていけない。そのうちバイトをするつもりではいる。けれど高校生の稼げる金額はたかがしれている。一刻も早く自立したいと気ばかりが焦るけど、いまの俺にできることは限られていて。だからせめて、家事だけでもと家のことは一切を引き受けることにした。

トーストに目玉焼き、ボイルしたソーセージと少しの野菜をのせた皿を運んで兄貴の向かいに座る。

「菜乃花には会えたのか？」

いままさに飲み込んだばかりのコーヒーが気管に入り盛大にむせる。

「なんで？」

「会いに行ったんだろう。昨日」

平日なのに会いに行ったこと。完全に浮かれていたこと。全てを見透かされている気がして途端に恥ずかしさが襲いかかってくる。

「で？　元気にしてたか？」

言葉に詰まった。元気になんかしてなかった。でも、俺からそれを言ってしまっていいのかが分からなかった。なの姉の状態を、多分誰も知らない。おばさんもおじさんも、兄貴も。もしなの姉が隠しているのだとしたら俺の口から言うべきじゃない。

それに……。兄貴に話すのが嫌だった。話したら兄貴は迷わずなの姉に会いに行く。そしたらきっと、酒でも飲みながら。なの姉も兄貴になら話すだろう。俺には言ってくれなかった自分の抱えているものを。

そんなの嫌だ。なの姉を見つけたのは俺だ。俺が守りたい。でも、そんなのは俺のエゴだ。分かってる。

だけど、それでも……。

俺が――。

「少し元気なかったかな。今日も様子見に行ってくるよ」

真っ黒で、大きな嘘をついた。

少しなんかじゃない。元気があるとかないとかそんなもんじゃない。

でも、言えなかった。言いたくなかった。

ああ。俺はなんて――。

なんて子供なんだろう。

ああ。早く大人になりたいなぁ。

強く強く、そう思った。

＊

それからは毎日なの姉の家に行った。口実を作るためにそこで絵を描いた。何があったのか気になって仕方なかった。少しでも聞き出そうとそれとなく話を振ってみたりもした。だけどなの姉は痛みに耐えるようにして笑うだけで、内側へは踏み込ませてくれなかった。

辛かった。情けなかった。それでも傍《そば》にいると決めたから。辛くても。格好悪くても。毎日、一日も欠かさずに通い続けた。


そうやって、ただ訪ねてはなの姉の傍で鉛筆を動かし続けた。

それ以外に、いまの俺に何ができるのか分からなかった。なの姉が何を求めているのか分からなかった。

それに、なの姉の家から見える景色が好きだった。

駅から少し離れたその場所は駅前の騒がしさなど嘘のように人通りが少ない。少し広めの間隔を空けて並ぶ家は古いものや新しいものが交ざり合ってなんとなく懐かしさを感じさせた。それでも歩く人の服装が、家々に混ざって建てられた店が、都会なんだと主張している。単純に描くことが楽しかった。だから、夢中になって同じ景色を描き続けた。

新しかったクロッキー帳の残りのページが半分を切った頃、なの姉が淹れてくれたコーヒーを飲みながら不意に随分描いたな、と思った。そろそろ違うものを描きたいな、と思った。

違う！　俺は絵を描くためにここに来てるんじゃない。暢気にこんなことしてる場合じゃない。

ここに来るようになってもう二週間が経とうとしてるのに何もできないまま、ただ絵を描くだけで春休みの半分を消費していた。

なの姉のためならなんでもしてあげたい。なんとかして助けてあげたい。そう思って通い続けていたはずなのに。

でもたった二週間会いに来たくらいじゃ何も変わらなかった。当たり前だけど、俺は近所に住んでいた年下の男の子ってだけでそれ以外の何者でもない。ただ会いに来て。絵を描いて。傍にいるだけじゃなんの助けにも力にもなれない。そんなこと分かってる。

だけど、他に何をすればいいのか分からない。おばさんや兄貴に話して、誰かになの姉を助けてもらうべきなんだとは思う。

本当は、誰か大人に頼らないといけないんだ。俺がなんとかしたいだなんてそんな身勝手な思い、なの姉には関係ないんだから。

だけど。それでも。少しでいいから。俺だって、何か力になりたいんだ。

「随分描いたね」

大事そうにカップを両手で包み込みながらなの姉はクロッキー帳を覗き込んできた。

元々色の白かったなの姉の肌は家に閉じこもっているせいか、更にその白さを増していた。

たった二週間だけど毎日会いに来ているから分かる。なの姉は会社に行っていない。昼過ぎに訪ねても必ず家にいる。初めて来た時とは違って服は着替えてるみたいだけど外に出てる様子もない。

そういえば近くにでかい公園があったな。毎日こうして室内にいるよりたまには外に出たほうが気分も晴れるんじゃないか？

「行って、みないか？」

そう誘うと少しの間を置いて、

「うん……。行ってみようか」

と首を縦に振って答えてくれた。

たったそれだけのことが嬉しかった。俺にもできることがあるかもしれないと、思えた。

外に出ると青く広がる空が綺麗だった。来た時となんら変わらない、雲一つない青空。同じ空のはずなのに、なの姉が隣にいるだけでその空が言いようもなく綺麗に見えた。

帰りの電車の中。車内は多くの人で溢れていた。初めて満員電車を経験した時はびっくりした。そして酷く疲れた。

ホームは多くの人で埋め尽くされ、これは次の電車を待つことになるかな、と考えていた。

到着した電車はすでにぎゅうぎゅう詰めで、窓は人の熱気で曇っていた。見ているだけでげんなりした。

よくみんなあんな空間にいれるなと他人事のように考えた。だってまさかその中に俺も加わることになるなんて思いもしてなかったから。

次の電車を待とうなんて甘かった。俺以外にそんな考えを持ってる人はなく、列に並んでた俺は後ろからその空間に押し込まれた。

苦しかった。息が止まるんじゃないかと本気で思った。前も後ろも全方位がスーツを着た会社員や遊びに行く人たちで埋め尽くされていた。その中の何人かは思いっきり体重をかけてきた。なんとか体勢を保とうと吊革《つりかわ》に手を伸ばす。だけどどれもすでに誰かが掴んでいて、俺の掴まる余地なんてなかった。それでも足に力を入れ思いっきり踏ん張った。

なんとか安定した体にほっとしたのもつかの間。電車が大きく揺れる度に胸が圧迫されて、瞬間的に息が止まる。揺れが落ち着くと今度は体勢を戻すためめた足が痺《しび》れてしまう程踏ん張る。そしてまた大きな揺れ。そのたった一回で俺は電車が嫌いになった。

だけど、今日はそんなこと全く気にならなかった。電車が空いている訳じゃない。今日だっていつもと同じく、仕事終わりの人で溢れている。それでも、電車が大きく揺れる度。見知らぬ他人が体重をかけてくる度。みんな毎日大変だな。疲れてるんだろうな。家に着くまで頑張れ。なんてよく分からない視点で応援できた。自分の単純さに呆れを通り越して笑いそうになる。

今日はなの姉がお気に入りの場所を教えてくれた。俺の絵をすごいと、綺麗だと言ってくれた。欲しいと言ってくれた。それだけで俺は馬鹿みたいに幸せな気持ちになれた。優しい気持ちになれた。だから、嫌いだったはずの満員電車での時間を温かな気持ちで過ごすことができた。


家に帰ると兄貴はすでにリビングにいた。

「今日も会いに行ってたのか？」

「今日はやけに早いんだな、サボり？」

にやにやと聞いてくる兄貴に質問で返す。

「出先から直帰だったんだよ」

そう言いながらテーブルに置かれていたビールを口に運んでいる。

「もう飲んでるのかよ。せめて飯まで待てばいいのに」

「子供には分からないよなー。この時間から飲む酒の旨さは」

「アル中」

「こんなのアル中とは言わないよ。全くもって可愛いもんだ」

兄貴が言い終わらないうちに梯子《はしご》を登り、ロフトに荷物を置いて上着を脱ぐ。

下に降りると兄貴が缶を片手に俺を見ていた。

「何かいいことあったな？」

慌てて表情を引き締める。

本当は言いたかった。なの姉が褒めてくれたこと。教えてくれた場所。俺だっていつまでも子供じゃない。ほんの一瞬でもなの姉を笑顔にすることができる。誰か大人に聞いて欲しかった。

でも、同時に誰にも話したくないとも思った。なの姉と俺だけの秘密にしておきたかった。

「関係ないだろ?」

「関係なくはないだろ?」

「なんで?」

「番号を教えたのは誰だ? 住所を教えたのは?」

「絡み酒かよ。質悪い」

「やっぱり菜乃花か」

しまった。そんなこと関係ないってふりをすべきだったか。

「要はいいな。まだまだ素直で単純だ」

「黙れ酔っ払い」

何が楽しいのか兄貴はその後も、

「うん、うん」とか、

「若いっていいねー」とか、

一人でぶつぶつと呟き続けていた。

床に直敷《じか》きされた布団に潜りながら明日のことを考える。

明日は何をしようか？　また公園にでも連れ出してみようか？　なの姉が教えてくれたカフェに行くのもいいかもしれない。

スマホで明日の天気を調べてみる。明日も予報は晴れだった。なんとなく、確信がある。明日もきっと綺麗な青空だと。だって、なの姉がいる。手を伸ばせば届く距離にいるんだから。

＊

いつものように訪ねるとなの姉は勢い良くドアを開けて俺を出迎えた。最近は少しずつ笑顔を見せてくれるようになってきていたのに、その日俺を出迎えたなの姉の顔は何かに怯《おび》えるような不安そうな顔をしていた。でも、きっと聞いてもはぐらかされてしまうだろうから。

だから、外に連れ出してみた。明るい空が。暖かい日差しが。少しでもなの姉を温めてくれることを願って。

でかい池の前に座り、ゆったりと流れるボートを切り取るように紙に描き写す。寝る前に思ったとおり、頭上には綺麗な青空が広がっている。池には日差しが反射して、水面をキラキラと輝かせている。

残したいと思った。写真に収めても良かったけど、なの姉が素敵だと。好きだど言ってくれたから。絵に描いて残したいと思った。

描き続けてる間、なの姉はよく喋った。世間話のような当たり障りのない話を延々と。

俺はそんななの姉に絵を描くようにすすめてみた。見てみたかった。なの姉には世界はどんな風に映っているのか。どんな風に見えているのか。

紙と鉛筆を渡すとなの姉は渋々という感じで目の前の風景を描き写し始めた。俺は手を止めてなの姉を盗み見た。強い風が吹いたらそのまま消えてしまうんじゃないかと思った。それくらい、なの姉の体は細く弱々しくなっていた。

でも、目だけは違った。あの日見た虚ろな目が、いまは黒々と輝いている。まるで宝石のようだった。綺麗だと思った。黒々と潤む瞳も。耳にかけられた髪も。うっすらと開いている唇も。細くなった体の曲線も。瞬《まばた》きをするその動きですら。なの姉を形造る全てのものが。綺麗だった。

俺はこっそりとページを捲り鉛筆を動かした。

なの姉が描き上げた絵を見て俺は腹を抱えて笑うはめになった。それはお世辞にも上手いとは言えない。いや、ここははっきりと言おう。なの姉の絵は下手だ。かろうじてそれが蕾なのだと分かる。分かるけど、そのセンスにまた笑いが襲う。

そもそもなんで蕾なんだ？　目の前にはでかい池がこれでもかと存在をアピールしているのに。そこに浮かぶボートがゆったりと水面を流れているのに。木だって何本も池を囲うように植えられているのに。

それでもなの姉が描いたのは一本の木の、一つの枝の、そこに芽吹いた小さな蕾だった。まだ咲く前のそれはとても小さくて、ほとんどの人が気にも留めないだろう。

でも、なの姉はそれを見つけた。選んだ。きっと、これがなの姉に見えている世界なんだろう。周りにあるどんなものより、枝の先に芽吹く小さな蕾がいまなの姉に見えてる全てなんだろう。その蕾はなの姉自身なのか。他の何かなのか。

多分。きっと。思い上がりも甚だしいけれど――まだ芽吹いたばかりの。でもそう遠くないうちに咲くであろうその花の。花弁一枚分だとしても。そこに俺も含まれているんだと。その時は思った。

駅に近づくにつれて歩き辛くなる遊歩道を歩きながら、なの姉の描いた絵を思い出す。なの姉にはこのうんざりするような混雑なんか見えていないのかもしれない。それよりも、空を飛ぶ鳥や道端の草の方がはっきりと目に映ってるのかもしれない。気にしないと視界に入らないような、そういった小さなものに目を向けているのかもしれない。

そうやって少しでもなの姉の世界を想像できることに顔が自然と緩む。思わず笑みが零れてしまう。

そんな俺の様子になの姉が反応する。少し近づけた気がして、欲張りな俺はもう少し踏み込んでみたくなった。

「人には向き不向きがあるからな」

もっと、なの姉のことが知りたくて。もっと、違うなの姉を見てみたくて。つい、からかっていた。唇を尖《とが》らせながら子供のように拗ねる姿が可愛くて、愛おしいと思った。その姿をいつまでも見ていたくて、調子に乗りすぎた。

「それでも！　もう描かない」

なんてそんなの嫌だ。俺はまだ、もっと、なの姉の世界を知りたい。だから慌てて弁解した。なの姉が教えてくれたお気に入りのあのカフェのコーヒーを奢ると。

近づけたと思ったのに。違った。勘違いだった。俺はやっぱり子供で、なの姉と同じ位置に立ってはいないのだと言われた気がした。それでも食らいついた。俺だってもう子供じゃない。自分で考えて、行動して。少しでも力になれるんだとその瞳に訴えた。

だけど、受け入れてもらえなかった。


少しでも自立したいと引き受けた家事をサボって、その日の夕飯は惣菜で済ませることにした。その空いた時間で求人情報をいくつも探した。まだ高校入学前の俺じゃいますぐ雇ってもらえないのは分かっている。それでも何かしていないと落ち着かなくて、握り締めたスマホで次々と検索をかけていく。

「ただいま」

兄貴の声を聞きながら、それでも目はスマホの画面を見続けた。

「悪い。今日は惣菜買ってきた」

「たまにはいいさ」

後ろでレンジの音がする。

温められた惣菜とビールを持って兄貴が目の前に座る。

「何してんの?」

「バイト探し」

「まだ早いだろ。学校に慣れて、十六になって。それから探せばいい」

兄貴はプシュッと炭酸の抜ける音を響かせながら、暢気にそんなことを言ってくる。

「いまから目星だけでもつけときたいから」

少しだけ顔を上げると、視界の端にビールを飲む兄貴の姿が入り込んできた。

「要さ」

ビールを置いてゆったりと口を開く。

「何を焦ってんの？」

ドクンと心臓が跳ねた。

焦るよ。当たり前だろ？　いつだって俺だけが置いてけぼりなんだ。兄貴もなの姉も俺を置いてどんどん先に進んでいくじゃないか。そんなの、もう、たくさんだ。俺だけが何も知らないでいるなんて。もう嫌なんだ。耐えられないんだよ。

「好きなんだろ？」

「何が？」

「菜乃花のこと」

「そう、だよ……。だから？」

白状した。もう隠せない。俺はなの姉が好きだ。こうやって兄貴にばれてしまうくらいに。どうしようもなく。なの姉のことが好きだ。

「そうすごむなよ。誰かを好きになることはいいことだ。生きていく上で避けられない。みんな誰かを愛したい。愛した相手に愛されたい。そう思ってる。それは人間の基本だからな」

いきなりなんの話を始めたんだ？

顔を上げると兄貴の喉を上下させながらビールを飲んでいるのが見えた。

酔っ払っているのかと思ったけど、そう語る兄貴の顔は真剣で。真面目に話しているんだと伝わってきた。

「要さ、何か勘違いしてないか？　大人になるってさ、無理して背伸びをするのとは違うんだ。大人だってギリギリなんだ。いつだって、そのギリギリの中を手探りで進んでるんだ。ただ見せないようにしてるだけでさ、本当は何一つ自分一人じゃできやしないんだ。働いて稼ぐのも。自分の選択を信じて進むのも。食べて、寝て。それすら一人じゃできないんだ。考えてもみろよ。なんでも一人でできるなんて、そんな悲しいことあるか？　誰かがいるからできることだってあるんだ。誰かのためだからできることがあるんだ。でもさ、そのためには。まずは自分を分かってあげなきゃ。どっちが正しいとか間違ってるとか。そういうことじゃないけどさ。いまの自分を認められるのが、大人になるってことなんじゃないかと俺は思うよ」

「何が言いたいの」

分からなかった。兄貴の言っている意味が、言いたいことが。

「要はいまどこにいる？　何を見てる？」

俺は三年前も同じことを言われた。健吾のために行ったカラオケ。その後に寄ったゲーセンで、同じことを。

『宮瀬くんはどこを見てるの？』

二人してなんなんだ。意味が分からない。俺はここにいるじゃないか。自分のことだって理解してる。だから、できる範囲でなの姉の傍に寄り添ってる。

なのに、一体何が言いたいんだよ？　意味分かんねえよ……。どうしろっていうんだよ……。

空になった容器を持って兄貴が立ち上がる。

「その顔やめろって。別に責めてる訳じゃないんだ。ただ、もう少し考えろってこと。何事もなるようにしかならないんだから」

布団に潜っても全然眠くならなかった。兄貴の言葉が。加藤の言葉が。頭から離れないでいつまでもぐるぐると巡っていた。

どこにいるって。何を見てるって。考えろってなんだよ。俺はここにいる。頑張って、努力してここまできた。なの姉を見つけた。考えて、一瞬でも笑顔にすることだってできた。

低い天井に息苦しさを感じて目を閉じる。そこには何かに耐えているような辛そうに笑うなの姉がいて。

見えてないから、足りていないいからそんな顔で笑うのか？

なあ、なの姉。俺には一体、何ができる？　何をしてあげられる？

目の奥に焼きついているその人は、いつまでも辛そうに笑っているだけで。答えてはくれなかった。


『かなちゃん！』

あの時の声だ。間違えようがない。はっきりと覚えてる。耳をくすぐるような甘い声。全身を駆け巡る熱。あの日のうだるような暑さも。蝉の声も。汗で滲んで纏わりつくシャツの感触だって。鮮明に覚えてる。

俺が恋をした日。なの姉を好きだと気づいた瞬間。人間は忘れる生き物だ。いくら覚えていたくても忘れてしまうことはある。

だけど確信がある。俺はこの日のことを忘れることは。何があってもきっと。一生できない。この時が俺の人生の始まりなんだと。ここから始まるのだと。本気で思ったから。それはいまも変わらないから。

だから追いかけた。俺の好きな人。俺の生きる意味。そのものを。

笑ってくれているだけでいいなんて綺麗なことは言えないけど。それでもやっぱり、可能な限り笑っていて欲しい。

いつだって笑っていると思ってた。

それなのに、そこにいたのは見ているこっちが苦しくなる程弱ったあの人だった。

救いたいと。助けたいと。どうにかしてあげたいと。俺がって。思った。

また笑って欲しいと思った。

なの姉の笑ってる顔が好きだ。何より好きだ。だから、そのためなら。俺にできることはなんだっててする。してみせるから。

だから、教えて欲しい。俺は何をしたらいい？　俺には何ができる？

『私の中でそれは絶対に変わらない大切なことなんだよ』

その時はチクリと胸が痛んだ。その痛みも覚えてる。

でも、そうじゃなかったんだ。痛いなんて。そんなこと思う必要なかったんだ。

俺は俺のままでいいんだ。誰かの真似《まね》をして、背伸びをする必要なんかないんだ。

いまのままで。このままで。傍にいていいんだ。

だって、そう言った時の君の顔はすごく綺麗な。俺の大好きなあの笑顔だったんだから。

＊

なかなか寝付けなかったのに、いつもより早い時間に目が覚めた。コーヒーのドリップパックをカップにセットしてお湯を沸かす。

なの姉のところへ行くようになってからなんとなく気になって買ったドリップコーヒー。買ったはいいけれど面倒でインスタントばかりを使っていたから封は閉まったままだった。でも、今日は美味しいコーヒーが飲みたくなった。早くに目が覚めたお陰で兄貴が起きるまでまだ時間があった。だから、朝食の準備をして、封を開けた。

インスタントとは違う香りが鼻をかすめる。沸騰したお湯を注ぐとその香りは強さを増し、部屋中に広がっていく。

「おはよう。いい匂いだな」

「おはよう」

「お、インスタントじゃないのか」

「たまにはな」

「いいな、この匂い。朝って感じだ」

「意味分かんねえ」

思わず笑ってしまう。

「要？　なんか変わった？」

「は？」

「んー。なんて言えば伝わるかな？」

すでに皿の並んでいるテーブルにカップを置いて椅子に座る。淹れたばかりのコーヒーはなの姉のより少し熱く口の中に広がっていく。

「うん。とにかく変わったんだよ」

「何がだよ」

ってか、まだそんなこと考えてたのか。

「でかくなった」

「それ言うなら俺が越してきた時じゃね？」

「そうじゃなくて。うーん。でかくなった」

「はあ。食わないの？」

「ああ。食べるよ。いただきます」

カチャカチャと音を立てる食器の音に雨の音が交ざる。

今日は雨か。まだ粒は小さい。けれど外は暗く、今日一日は止みそうにない。これじゃあ公園は無理だろうな。

「菜乃花はどうだ？」

「分からない。でも、少しは元気になったと思う」

何があったのか。何を思ってるのか。いまだに分からない。

それでも最近は笑うことも増えてきた。少しは以前のなの姉に戻ってきている気がする。

「やっぱ元気なかったんだな」

ああ、そうか。そういえば兄貴にはなの姉のことを話してなかった。

「あのさ」

「いいよ。なんとなく分かるから」

俺の言葉を遮るように兄貴が言う。

「毎日会いに行ってるのは菜乃花に何かあったからだろ？」

「うん」

「要なら大丈夫」

「え？」

「大丈夫だよ」

兄貴の声がいままでより優しく聞こえた。もしかしたら、いままでだってずっとそうだったのかもしれない。勝手な劣等感で見えていなかっただけで。いつだって、本当は。

「それに今更聞いたって、俺は要みたいにはなれないからな」

「どういうこと?」

「そういうこと。じゃ、行ってきます」

眉間にシワを寄せてる俺を気にすることなく、手をヒラヒラとさせて、兄貴は玄関へと消えていった。

駅までの道は傘のせいでいつもより歩きづらかった。そのうえ雨の粒が小さくて風が強いから、深く傘を差してても上着を冷たく濡らしていく。

課題を持ってきて良かった。こんな雨じゃ何も描けない。なの姉の前で課題をするのは嫌だった。自分が学生だって、子供だって思い知らされるから。でも今日は雨が降ってるから。俺は俺のままでいいと分かったから。君がそれが大切なことだと言ってくれたから。ちっぽけな俺の意地なんて捨ててしまおうと思えた。

なの姉の家に着く頃には雨は強さを増し、本格的な降り方に変わっていた。思ったよりも濡れてしまった服をなの姉が貸してくれたタオルで拭いてから……迷う。

いつもなら窓の近くに座ってすぐにクロッキー帳を出す。でも今日持ってきたのは課題だ。まさか窓際で、それも床の上で、それを広げる訳にはいかない。

でも——。

なの姉の部屋にあるソファーは小さめの二人掛けだ。本当に小さい、ギリギリ二人が座れる大きさ。だから、いつもならほんの少し、コーヒーを飲む間だけしかそこに行かない。

床に座ろうかとも思った。別に床でいい。十分だ。でも、きっとなの姉は窓際に行かないのならソファーに座れと言うだろう。

結局、俺は自らソファーに座った。それからそそくさと課題集を開く。問題を解いていると、少ししてからタオルを片付けたなの姉が戻ってきて、すぐ近くに座る。

なの姉に移りそうになる意識を逸らすように課題に集中する。そこに座るといやでもなの姉を感じた。髪から香るシャンプーの匂いも。触れそうで触れないその距離の中にある体温も。それに気づかないようにしてるのになの姉の声が近い位置から届いてくる。

「修くんのとこでやればいいのに」

そう言いながら課題を覗き込んでくる。

心臓がバクバクとうるさく音を立てる。あまりにもうるさく鳴るものだから、その音が聞こえてしまうんじゃないかと思った。だから、必死に課題を解いた。解いて、少しでも心臓の音を隠すように強めに答えを書きつける。

そのまま少しだけ話してから、なの姉は顔を離して、寄りかかるようにソファーに深く座り直した。

良かった。この距離ならなんとか耐えられる。

「どうして、こんなに早くにこっちに来たの？」

そう聞かれてドキッとした。いままで聞かれなかったからと油断してた。まさか聞かれるとは思っていなかった。

答えなんてすぐに言えるけど、それを言ってしまったらもういままでみたいに会いに来られなくなってしまうかもしれない。だけど、これはチャンスなのかもしれないとも思う。俺もなの姉に、菜乃花に聞きたいことがある。

「菜乃花さ」

近所の男の子や近所のお姉さんとしてじゃなく。俺は俺として。菜乃花は菜乃花として。それぞれが一人の人間として聞きたかった。

「やっぱさ、なんかあったんだろ？」

俺も正直に話すから。誤魔化さずに話すから。菜乃花にも誤魔化して欲しくなかった。

「大丈夫だって。それに〝菜乃花〟じゃなくて〝なの姉〟でしょう？」

菜乃花の言葉が胸を冷やす。

でも大丈夫。これくらい、なんともない。

立ち上がろうとする菜乃花の腕を掴んで引き止める。俺がここで踏ん張らないと。

苦しんでいるのは菜乃花なんだから。

「子供だから？　俺がガキだから？　頼りないから？　だからそうやって強がるのか？」

できる限り落ち着いて話したつもりの声は、耳に届くと僅かに震えていた。

「違う！」

菜乃花の目から、本当にそう思ってくれてるのが伝わってきた。嬉しかった。嬉しかったのに。

「違うよ！　本当に何もないだけ。ね？　だから。そんな顔、しないで？」

そう言う彼女の顔は何一つ大丈夫じゃないとそう言っているのに、耳に届いた言葉はそうじゃなかった。

どうしてこんなにも好きになってしまったんだろう。見続けてきてしまったんだろう。ガキだから話してくれないんじゃない。ガキだから頼ってくれないんじゃない。

そんなこと思いたくなかった。知りたくなかった。だけど、そういうことなんだ。俺だから……。話してくれないんだ。

息を吸う。力を込める。たとえ嫌われても、俺は君に嘘をつかない。全部見せるから——

「そんな顔って。それは菜乃花だろ？　強がるな！　大人ぶるな！　カッコつけようとするな！　頼ってくれよ。支えさせてくれよ。頼むから、勝手に壁を作るなよ。辛いなら辛いって言えばいい。苦しいなら苦しいって言えばいい。隠さなくていい。嘘をつかなくていい。そんな姿になるまで我慢しなくていいんだ。……それでも。それでも、嘘をつくなら。隠そうとするなら。壁を作るなら！　頼むから、笑っててくれよ。そんな顔しないでくれよ。なのに……。どうして……。菜乃花が笑えないなら、救われないなら、なんのための嘘だよ？　そんなのに意味なんてないじゃないだろ」

手が震える。涙がでる。悔しくて、情けなくて。

でも——。

それでも構わない。決めたんだ。

「好きなんだ……。俺は菜乃花のことが好きなんだ！　だから、会いたかった。近づきたかった。そう思ったから、この場所に来ることができた。ずっと見てた。ずっと見てきた。追いつくたくて、隣に並びたくて。だから進めた。迷わず歩いてこれた。好きだ。好きだ、好きだ、好きだ！　俺は、菜乃花を——」

どうか伝わりますように。そう強く強く。願った。

「愛してる……」

菜乃花の顔が強張《こわば》る。

「俺には何もできないかもしれない。でも、少しでも。なんでもいいから。俺だって菜乃花の力になりたい」

こんな言葉しか伝えられないけどどうか届いて。

強張っていた顔から力が抜けていくのが分かった。でもその先にあったものは、泣きたくなる程弱く悲しい笑顔だった。

見ていられなかった。決めたのに。傍にいるって。そう決めたのに――。

「……また来る」

それがいまの俺の精一杯だった。

第五章　雨のある空

◇

どれくらいの時間が経ったのだろう。いつの間にか、部屋の中はすっかり暗くなっていて壁に貼られたかなちゃんの絵がよく見えなくなっている。

電気をつけてキッチンに立つ。そこにはかなちゃんが来る前に用意していた二つのカップが並んだままになっていた。

驚いた。理由も聞かず毎日来てくれていたのは、ただ心配してくれていただけなんだと思ってた。まさか私のことを好きでいてくれてたなんて思いもしなかった。知らなかったけれど、結局はそれを利用して踏みにじる形になってしまった。

『また来る』

かなちゃんはそう言ってくれた。

でも。

きっと。

きっともう、彼が訪ねて来ることはないだろう。

棚から新しいカップを取り出して水を飲む。シンクの横に出してあるカップを使っても良かったけれど、並んでいるそれにいまは触れたくなかった。

水道から直接汲《く》んだ水はとても冷たかった。本当に冷たいから。喉を通って。食道を通って。胃に落ちていくのがはっきりと分かった。

その日は夢を見た。夢だと分かったのはそこが暗いだけの何もない空間だったから。私はここに来たことがある。私はここを知っている。息を大きく吸い込んで全身に力を込める。以前ここに来た時にはたくさんの声が聞こえたから。それに負けないように準備をする。

だけど、予想とは裏腹にあの声たちは一向に聞こえてこなかった。安堵とともに全身の力を一気に抜く。

良かった。そう思った。

でも、すぐに別の不安が襲ってきた。あの声を聞きたくないと思って。負けないようにと思って。全身に力を込めたのに。何もないこの空間で、誰の声も聞こえないことに。言いようのない不安が襲ってくる。

罵声を浴びせる人たちですら、いまの私にはいなくなってしまった。いよいよ、本当に一人ぼっちになっちゃったんだ。私を否定する人すらいなくなったこの世界で、私が存在し続けることに何か意味はあるのだろうか？　このまま私がいなくなっても悲しむ人どころか喜ぶ人もいない。そんな世界で生きていく意味があるのだろうか？

もう、何もかもどうでもいいと思えた。

何も考えたくない。

膝を丸めて目を閉じる。もっともっと小さくなって、そのまま消えてしまえたらいいのに。そう願いを込めて更に体を小さく丸める。

何もない世界で心臓の音だけが大きく響く。その音が規則的で沈静で。なんだかとても眠い。このままここにいれば。こうしてただ丸まっていれば。いつかこの音も聞こえなくなるのだろうか？

（……消えたくない）

微かに聞こえたそれは私の声だった。

そうだ。消えたくない。こうやって体を丸める時はいつだってそう思った時だった。消えないように。ここにあることを確かめるように。いつだってきつくきつく自分を抱き締めてきた。

だけど――。

私が生きて。存在し続けて。一体なんの意味があるの？　何もない私が、何にしがみついて生きていけばいいの？

その時、体の右側に僅かな温もりを感じた。小さかった温もりは徐々に大きくなって、空っぽの私を満たしていく。

息が詰まった。でも、辛くはなかった。その温もりが心地良くて、なんだかとても落ち着いた。この温もりがあれば、私は生きていけると思った。この温もりを感じることを生きていく理由にしようと思えた。その温もりのお陰で、私は安心して眠ることができた。

目が覚めると外ではまだ強く雨が降っていた。

ベッドから起き上がり、身支度を整える。もうそんな必要はないのに、寝間着のままでいるのが落ち着かなかった。少し前まではそんなこと気にもならなかったのに。たった二週間ちょっとで私のリズムは以前のように戻っていた。

お腹も空いた。近くのコンビニでお弁当を買って食べた。美味しいとは思えなかったけれど、それでもちゃんと味がした。

食べ終わると時間を持て余した。止まっていた分を取り戻すかのように時計の針はゆっくりと動いた。

だから、外に出てみた。あの絵を飾る額縁を買いに行こうと思った。かなちゃんの世界を汚すことのないように飾りたいと思った。

それに、君が昨日大変じゃないと、そう言ってたから。

三月の雨はとても冷たかった。履いている靴はすぐに雨を吸い込んだ。冷たくて、重くて歩きづらい。

駅前まで来ると人が多い分、更に歩きづらさは増した。傘が邪魔して思うように前に進めない。

昨日、かなちゃんはこんな雨の中をわざわざ電車に乗ってまで会いに来てくれたんだ。

「ふふふ」

あの時、君は大変じゃないなんて言っていたけれど。大変だよ。寒いし。傘はぶつかるし。靴は重いし。かなちゃんだって嘘、ついてたんじゃない。私のとは違う優しい嘘。

だけど嘘は嘘だ。私はその優しい嘘にまんまと騙されて外に出てしまった。見ないように、触れないようにしてきたのに。またここに戻ってきてしまった。

変なのは分かってる。怪しいのは分かってる。だけど込み上げる喜びが勝手に口角を上げていく。声を零してしまう。

私は込み上げる喜びを素直に受け入れながら。人混みをかき分けて。手芸用品やホビー用品の置かれた大型専門店までの道を歩いた。

店の中には思っていたよりもたくさんの人がいた。その中を目的のコーナーまで進む。そこには多種多様な額縁が揃《そろ》っていて、一通り目を通すだけでもたくさんの時間がかかった。

会計を済ませて店を出るとそこにはさっきよりも更にたくさんの傘がひしめいていた。人がたくさんいるなと思った。少し駅から離れれば数人としかすれ違わないのに、この人たちは一体どこに向かって来ているんだろう？

気になって、すれ違う人の顔を覗いてみた。傘から覗く顔はどれもにこやかで、とても楽しそうだった。それを見て今日は休日なんだなと思う。行き交う人みんながみんな充実してますって顔をしているから。それを覗いたことに後悔が押し寄せた。

『お前は何をやってるんだ？』

『ここに居て意味はあるのか？』

『どうして私たちに混ざってここを歩いているんだ？』

そう問われてる気がして落ち着かなかった。

だけどね――

胸の中で答える。

『私は前を向いて歩いてるんだよ』

『ここにはちゃんと。ちゃんと意味があって居るんだよ』

『私だってあなたたちと一緒なんだよ』

ちゃんと答えるとその声たちは囁きをやめた。ちょっとだけ、世界が私を受け入れてくれたように感じられた。

だって、少しだけ街のざわつきが遠くに感じられたのだ。みんなと何一つ変わらないって。そう、返事をしてくれたのが聞こえた気がしたんだ。


人混みをできるだけ避けて歩いていると人通りの少ない路地が目に入った。スマホを確認すると三時だった。あの部屋で一日の終わりを待つにはまだ少し時間が長い。

私はその路地へ足を向けることにした。

「いらっしゃいませ。テイクアウトですか？」

以前かなちゃんに教えたお気に入りの場所。一緒に来られたのはたった一回だったけれど。君に教えたいと思った、私の大好きな場所。

「二階の席、空いてますか？」

「はい。ご案内致します」

案内されたのは窓側にある隅の席で、窓の向こうにはあの公園が見えた。

「ご注文がお決まりになりました頃、お伺い致します」

見たことのない店員さんだった。多分大学生だろう。若々しい、溌剌《はつらつ》とした声の可愛いらしい人だ。

木で作られた重みのあるメニューの表紙を捲る。

ここのケーキ美味しいんだよね。かなちゃんもチーズケーキは好きだったはず。食べて欲しかったなぁ。

「今日はお一人なんですね」

その声に顔を上げると店主さんが柔らかな表情で横に立っていた。

「はい。あの、ホットコーヒーとチーズケーキをお願いします」

「ホットコーヒーとチーズケーキですね。かしこまりました。少々お待ちください」

メニューが下げられると見るものがなくなってしまう。鞄の中にはスマホがあるけれど……。連絡を取る人もいなければネットを開く気にもなれない。手持ち無沙汰に窓の外を眺める。

雨は弱まる様子もなく降り続けていて、あまり遠くまでは見渡せない。それでも大きなあの公園の、たくさんの木々はちゃんと見えた。

この雨が止んだらもう一度行ってみようかな。雨が降っていた方が人が少なくていいのだけれど。この雨じゃあの景色は見えないから。

見に行くならやっぱり、あの日のような綺麗な青空の時がいい。

「お待たせ致しました。雨、止みませんね」

「そうですね」

「おかしいと思われってしまうかもしれませんがね、私はこんな雨の日もそんなに嫌いじゃないんですよ」

店主さんの言葉にもう一度外を見る。

「私も……嫌いじゃないです」

「どうぞ、ごゆっくりしていってくださいね」

「ありがとうございます」

コーヒーを一口啜《すす》ってからケーキを頬張る。甘すぎず、少し酸味があって懐かしい味がした。

みんなすごいな。私にはできないことばかりなのに。店主さんはコーヒーを淹れるのもケーキを焼くのも上手だし。あの店員さんは溌剌と働いているし。店にいるお客さんは楽しそうにお喋りをしているし。その向かい側で母親に抱かれている赤ちゃんだってちゃんと笑って、ミルクを飲んで、しっかりいまを生きている。

私には何ができるだろう？

うん、そうだな。取り敢えずは誤魔化すことをやめよう。それはきっと、関わりを持つ人のためにも。私のためにも。大切なことだと思うから。

家に帰ると体が重くなった。なんとか体を動かして、買ってきたばかりの額縁にかなちゃんの絵をはめ込む。暗い部屋の中で絵がかけられた場所だけが。少し。明るく見えた。

眠ると私はまたあの場所にいた。今日もなんの声も聞こえない。でも、怖くはなかった。真っ暗で何も見えないけれど。聞こえてくるのは私の心臓の音と呼吸をする音だけだけれど。でも、寒くない。この温もりがあるだけで不安や恐怖なんて全く感じることはなかった。

ここがどこなのか。この温もりはなんなのか。私には分からない。でもその温もりは確かに私の中にある。

それに、この場所だって何も私を傷つけるためだけにある訳じゃないのだと思う。

そう思うと、私は暗い無音のこの世界でも、安心して眠ることができた。

＊

「ホットコーヒーとチーズケーキをお願いします」

注文をしてから持ってきた本を開く。

雨は止んでいる。だけど、空は灰色の雲に覆われている。

どうせ行くならあの日のような。雲一つない晴れた日にしようって決めたから。だから、今日は大好きなこの場所で過ごそうと思った。持ってきたのは恋愛ものの小説。時空の違う世界に住む男の子と女の子が出会い、恋に落ちてゆく話。いまの私には甘すぎる、ベタベタな恋愛もの。

運ばれてきたコーヒーを飲みながらページを捲る。途端に胸が苦しくなって、涙が溢れそうになった。

ページの間に挟まれた手作りのしおり。五年前、恥ずかしそうにそれを渡してくれた君はまだまだ子供だった。

なのに――。

なのに、それがもう面影もなく、君は大きく成長してたんだね。私は、何一つ成長できていないのに。君は、どんどん先へと進んでいたんだね。

私はそのしおりを本の一番後ろに挟んでまたページを捲った。最初は文字をただ追っているだけで、内容が上手く読み取れなかった。それでも、せっかく買ったんだからと。今日は、これを読むと決めたんだからと。そう思って読み進めた。

ベタベタの恋愛ものだと思っていたその話は、予想とは違ってとても切ない深みのある作品だった。だから、三分の一を読み終える頃には、私はすっかりのめり込んでいた。途中、コーヒーをお代わりして。その内容を味わって。そうやって一気に読みきった。

読み終えると太陽の位置はすっかり低くなっていた。

「長居をしてしまってすみませんでした」

お会計の時、店主さんに謝まると、

「ゆっくり過ごせたのなら良かったです」

と、彼は柔らかな笑顔で言ってくれた。

＊

それからは毎日そのカフェに通った。読んでいない本がたくさん溜まっていたから。まだ遠くまでは行けそうになかったから。部屋にいるのには飽きたから。だから、空から雲が消える日までをそうやって待つことにした。

だけど。

いつまで経っても。

その雲は空に居座り続けた。

＊

「ふぅ」

これで全部読み終えた。

何日も待ったんだ。明日は雲のない青空を見れるだろうか？　もし、雲が浮かんでいたら？　新しい本を買いに行ってまたここに来る？

そんなことを考えながらお会計を済ませているとレシートと一緒に小さな紙が手渡された。

「ご飲食代が五十円引きになるサービス券です。いつもご利用頂いているお礼ですので、よろしかったらお持ちになってください」

店主さんはそう言って二枚のサービス券を手渡してくれる。

「ありがとうございます。それじゃあ、お言葉に甘えて一枚だけ頂きます」

受け取った中から一枚を手元に残して、もう一枚を店主さんへと返す。だけど、店主さんはそれを受け取らずににっこりと笑った。

「ぜひ、二枚ともお持ちください」

断るのも失礼な気がして、私は二枚のサービス券を受け取った。

シャワーを浴びて。帰りに寄ったコンビニで購入した缶ビールを飲みながら。壁にかけられている絵に目を向ける。

かなちゃんの描いた絵。かなちゃんに見えている景色。かなちゃんの居る世界。それは、私の手にも届くはずの世界。

結局、あれからかなちゃんが訪ねて来ることはなかった。仕方ない。そうしたのは私だもん。甘えていたんだ。年下の。十代の。まだ中学を卒業したばかりの。その小さな体に。私の中に踏み込まず、適度な距離を持って接してくれていた君に。何も言わず、寄り添ってくれていた君に。いつの間にか、私の空っぽになった場所を埋めてくれていた君に。

あまりにも居心地がいいから。何も返せないくせに、甘えきっていた。いつまでもあの時間が続くとは思ってなかった。止まってしまった私とは違って、かなちゃんの時間は進み続けている。これからの生活が。友達も。部活も。バイトも。恋愛だって。かなちゃんを待ち受けている全てが、きっとこの先の人生で一番の宝物になるだろう。

私もそうだったもん。高校生の間が一番輝いていた。何もかもが新鮮で楽しかった。だから、いつかはかなちゃんと過ごす時間に終わりが来るって分かってた。

だから、一定の距離を大事に大事に守っていた。そのつもりだった。

でも、かなちゃんは違った。きっと、色々なことを考えて。行動して。そうやってあの時間を作ってくれていた。私に何かあったことに気づいていても、だからこそ踏み込まず、ただ近くにいて見守ってくれていた。

なのに、私は自分しか見ないで。自分のことだけを思って。私だけのために。

そんな彼を傷つけた。

いまこうして毎日を過ごせているのはかなちゃんのお陰なのに。かなちゃんがくれたものなのに。それなのに、私は何一つ気づこうとせず。見ようともせず。受け入れようともしないで。

傷付けた。

好きだと。愛してると。そう言ってくれて、とても嬉しかった。驚きもしたけれど、まず一番に生まれた感情は喜びだった。本当に嬉しかった。

だけど、怖かった。何もかもを失ったいま、新しい何かを手に入れるのが怖かった。永遠なんてないって知ってしまった。もうあんな思いしたくないと思ってしまった。一人でいればあんな思いをしなくて済むだなんて考えてしまった。

結局、いまも私は私が一番可愛くて大切で、仕方ないんだ。自分が傷付くのが嫌で、かなちゃんを信じてあげられなかった。空っぽとか言いながら、私はそんな自分を守りたくて仕方なかった。

かなちゃんはあんな風に震えながらも。涙を溜めながらも。隠さず伝えてくれたのに。目を閉じればかなちゃんの真っ直ぐな瞳を思い出せる。それは、嘘のない純粋な瞳。

かなちゃんにはずっとそのままでいて欲しい。私はそれを守る術を知らない。守れない。多分。きっと。あんな風に泣かせてしまうことしかできないだろう。

だから、これで良かったんだと思う。


今日も、眠ればあの場所に行けるだろうか？


そう思いながらベッドに潜った。あの温もりを思うと眠るのが楽しみだった。辛くなかった。そう思えることが不思議で、とても嬉しかった。

眠りの世界で、あの温もりを待ちながら思う。

ああ。ここは落ち着くな。何もなくて。ただ静かなこの場所に。ずっといられたなら、どんなに楽か。

目を閉じればいつだってすぐに、その温もりが私を眠りに導いてくれた。

なのに、今日はいくら待ってもその温もりを感じることができなかった。

ずっとここにいたいだなんて浅はかなことを思ったからだろうか？

「……い……る」

声が聞こえた。微かにしか聞こえなかったけれど、私はこの声を知っている。

そうか。
あの温もりは――。

◆

遠くで鳴く鳥の声が耳に届く。雨の日の公園は晴れてる時とは全く別の場所みたいだった。ベンチに座ってる人も遊具で遊ぶ子供の姿もない。大きな池は雨の粒が落ちてくる度波紋を広げるだけで、ボートも一艘《そう》も動くことなくただ桟橋に繋がれている。聞こえてくる音は雨の音と気紛《まぐ》れに鳴く鳥の声だけで。ここが東京だということを忘れてしまいそうな程静かだった。

当たり前だ。誰がわざわざこんな雨の日に公園になんか来るだろう。だけど、俺はその雨の日にわざわざ電車に乗ってこの公園に来ている。

息を漏らすような笑いが零れた。なんで、俺はこんな雨の日にわざわざ電車に乗ってまでここに来たんだろう。どうしてわざわざベンチにビニールを敷いて座って。傘を肩で支えながら絵を描いているんだろう。

自分の姿を想像して苦笑する。傍から見たら完全に頭のイカれてる奴だ。誰かに見られたら通報されるかもしれない。いや、それはないか。

東京に出てきて知ったことはたくさんある。平日の電車が尋常じゃなく混んでいること。朝も、昼も、夜も、街に多くの人が溢れていること。道が狭くて、そのくせ人は多いから歩きづらいこと。どこに行っても多くの人で溢れているのに、みんな自分以外にはあまり興味がなくて、自ら他人に関わるようなことはしないこと。だから、多分、俺を見かける人がいたとしても、それをとやかく言う人なんていないだろう。

顔を上げて向こう側を見る。晴れていた日には白く見えていた建物が、雨の日だと灰色に見えた。雨が降るだけで景色は徹底的に変わって見えた。

紙も湿気を含んで描きづらい。これじゃあ練習にならないかもしれない。それでも、手を止めることはしたくなかった。この景色だけでいいから。早く、綺麗に、描けるようになりたかった。そしたら会いに行こうと。出来上がった絵をあの人に届けようと。そう、決めたから。

それが、菜乃花を一人残して。駅までの道を歩きながら。電車に揺られながら。布団に入ってからも。ずっとずっと考えて出した俺なりの答えだった。

俺にはなんの力もない。助けられない。支えられない。でも、綺麗だと。欲しいと。そう言ってもらった絵を届けることはできる。

菜乃花は
『この絵がいい』

と言ってくれたけど。やっぱり、あげるならちゃんと完成させたものを渡したい。だから、会いに行くならちゃんと完成させてその絵を持って会いに行こうと決めた。

ベンチに背を預けて首を反らす。目を閉じる。頭の重みで背骨が伸びて気持ち良かった。

だけどすぐにベンチの角に触れている背中が痛くなって、体を起こす。

目を開けると灰色が混ざった大きな雲が浮かんでいた。小さい頃は、雲はふわふわしていて乗れるもんだと思ってた。いつかそこで大の字になって昼寝したいとか考えてた。でも、いま頭上に浮かんでるそれはふわふわとは程遠くて。浮かんでいるのが不思議なくらい。重たく見えた。

＊

雨が止んだ後の公園には降っている時よりかはいくらか人がいた。

昼過ぎから動かしっぱなしにされた手は疲弊して鉛筆が持ちづらかった。

「よし！」

それでも気合を入れて鉛筆を握り直して、俺はページを捲った。


「いらっしゃいませ。テイクアウトですか？」

「中で」

「かしこまりました。二階へどうぞ」

ゆったりとした音楽が流れる落ち着いた店。菜乃花が教えてくれたお気に入りの場所。一人で入るには気後れしてしまう大人な店。

でも、見てみたかった。菜乃花が好きなものを。菜乃花の世界を。

二階にはいくつかのテーブルとソファーが並んでいた。お客さんは女の人ばかりで、自分がすごく場違いなんじゃないかと思ってしまう。

でも、入ってしまったからには
「やっぱりテイクアウトで」

なんて、俺には言えない。

隠れるようにしてメニューに視線を落とす。

「今日はお一人なんですね」

落ち着いた声に顔を上げると菜乃花に連れてきてもらった時の店員がいた。

「はい。覚えてくれたんですね」

「この仕事をしてると人の顔を覚えるのが得意になるんですよ。ご注文はお決まりですか？」

「あ、ホットコーヒーをお願いします」

「ホットコーヒーですね。かしこまりました。少々お待ちください」

知っている店員がいて、覚えてくれて良かった。たった一回、言葉も交わさなかった人だけど。知っている人がいることで少しだけ緊張が解れた。

鞄からクロッキー帳を出して描き上がった絵を確認する。少し不恰好だけど、それでもだいぶまともに描けてきた。少なくとも、いままで描いた中では一番の出来なんじゃないかと思う。

「お上手ですね」

コーヒーを手に店主がクロッキー帳を覗き込んでいた。

「とてもまだ渡せるようなものじゃないですけど」

「どなたかに贈られるんですか？」

ああ、俺は何を言ってるんだろう。

でも、なんだかこの人には聞いて欲しいと思った。ここでしか会うことがないからか。ここの雰囲気がそうさせるのか。何故か、そう思った。

「そうなんです。俺の絵が好きだと言ってくれた人がいるんです。その人に届けたいと思って」

「私もその気持ち分かります。絵のことは詳しくありませんが、とても素敵な絵だと思いますよ」

「ありがとうございます。でも、やっぱり、まだまだ渡せるようなものじゃないですね」

「そうですか？　それはそれは。きっと大切な方への贈り物なんですね」

「はい」

「お邪魔してしまい申し訳ありませんでした。どうぞごゆっくりお過ごしになってください」

大切な人。

そうだ。好きとか愛してるとかだけじゃない。菜乃花は俺にとっての全てだ。菜乃花がいるから俺がいる。好きだと自覚したあの日から、俺の世界は大きく変わった。咲く花が。葉を茂らせる木が。流れる川が。世界を形造る全てが。綺麗に写った。

だから、それを残したいと思った。落書きじゃなくて、きちんと描きたいと思った。

何度も何度も描いた。菜乃花が好きだと言ってくれた絵を描けるのも。誰かのために何かをしたいと思えたのも。全部、菜乃花がくれたものだ。菜乃花がいるからできたことだ。

クロッキー帳のページをもう一枚捲る。そこには盗み見て描いた、菜乃花だけが色づいた世界があった。

＊

「お待たせ致しました」

店主からテイクアウト用の紙コップを受け取る。今日は描き上げるまで粘ろうと、気合を入れるためにこの店に寄った。

「今日は描き上げるまで頑張ってこようと思います」

意味の分からない宣言をしてしまう。

「そうですか。それは楽しみですね。完成したらぜひ見せて頂きたいです」

唐突な俺の宣言にも怪訝な表情を見せず微笑むその人に、俺もこの人みたいな人になりたいと思った。

晴れた日のその公園にたくさんの人がいた。それでも、地面は濡れてて歩く度に泥が靴の底にへばりつく。遊具もベンチもところどころ濡れている。ボートも桟橋に繋がれたまま濡れている。空にはでかい雲が浮かんでいる。でも、絵を描くのには十分だ。

だけど、来るのが少し遅かったかもしれない。

不安になりつつあの場所へと進むと二日間絵を描いたそのベンチは空いていてほっとした。せっかく練習したのだから、その位置からの景色をどうしても描きたかった。ベンチに腰を下ろし。コーヒーを一口飲んで。気合を入れて鉛筆を動かす。とにかく時間が惜しかった。もう一週間もすれば学校が始まる。その前までにはなんとしてでも完成させたい。

遠くに聞こえていた子供の声が聞こえなくなった頃、絵はなんとか納得のいくものに仕上がった。

クロッキー帳をしまいスマホを取り出す。

――カシャッ。

小さな画面に、その景色を収めた。

家に帰ると灯りがついていた。

「ただいま」

そう言うと、奥から
「おかえり」

と兄貴の声が返ってきた。

「今日の夕飯何？」

「決めてない。冷蔵庫に何かあったかな」

夕飯のことをすっかり忘れてた。あり合わせで何かできないかと冷蔵庫を覗き込む。

「外に食いに行くか」

「あり合わせで作るよ」

「いや、行こう」


そう言って連れてこられたのはチェーンのファミレスだった。目の前では兄貴がビールを美味そうに飲んでいる。

「ファミレスで飲むのかよ」

「仕方ないだろ。未成年を居酒屋に連れていく訳にもいかないんだし」

「飯より酒なら家で良かったんじゃないの？」

「んー。なんとなくさ、要と二人で外食したかったんだよ」

俺は返事の代わりに口にハンバーグを放り込む。

今日のうちに清書をして、徹夜になってでも着彩まで終わらせてしまいたかったけど……。これじゃあ無理かな。

兄貴は毎日酒を飲んでいるわりに強い訳ではないらしい。いつも飲み終わるとすぐに寝てしまう。そうなると電気をつけるわけにはいかないし、色なんかとてもじゃないが塗れない。

「要は何かやりたいこととかってある？」

「清書」

思わず考えていたことがそのまま口をついて出る。

「なんだよそれ。そういうんじゃなくてさ、夢とか。そういうの」

言いながら兄貴はチキンを口へと運ぶ。

「俺はさ、なかったんだよな。なりたいものも。したいことも。なんとなく東京で就職しただけで。逃げてきたんだ。色々な責任から。でも最近の要を見てて、このままでいいのかなって思って、俺なりに色々考えたんだよ」

兄貴のそんな姿を初めて見た。どんな時も余裕な顔をして、いつだって迷いなく進んでいるのだと思ってた。それが大人なんだと思ってた。

「結婚するんだ。俺」

「え？」

「今日、プロポーズしてきた。待たせたから、ちゃんとけじめつけようと思ってな。部屋のことは心配するな。しばらくはいまのままあそこで生活するつもりだ」

「そうか。おめでとう」

「でも、要には悪いけどさ、来年には引っ越そうかと思う」

「結婚するんだ。それがいいよ」

「要の部屋探しは手伝う。高校の間は母さんたちが家賃を出してくれるよう俺からも頼んでみるよ」

「うん」

「要なら大丈夫。俺より料理もできるし、掃除もできる。それに、いまの要なら大丈夫だって思えちゃうんだよな」

「なんだよ、それ」

結婚。そうだよな。兄貴はもう二十六になるんだもんな。

でもそうか。結婚なぁ。


明日は早く起きて絵を完成させよう。

そう思って帰ってすぐ布団に入った。なのに、身近な人の結婚になんだか俺までが落ち着かなくて、なかなか寝付けなかった。

菜乃花もそのうち誰かと結婚するのかな？　そりゃあするよなぁ。

目を閉じればウエディングドレス姿の菜乃花が容易に想像できる。

関係ない。菜乃花が結婚とか。俺がガキだとか。関係ない。いまはいまできることをするだけだ。

＊

思ったより着彩に手こずってしまった。そもそも俺は鉛筆で描くのが好きなだけで、絵の具とか色鉛筆とかそういったものはほとんど使ったことがない。こんなことなら中学の時、嫌がらずにもっと色々と挑戦してみるべきだった。

それでも、なんとか入学式の前日に色をつけ終え、完成させることができた。

電車の車窓に流れていく景色を眺めながら鞄に手を伸ばす。

大丈夫。ちゃんと持ってきた。これを渡したからって何かが変わるなんて思わない。

でも。それでも。

きっと菜乃花は笑ってくれる。
いまはそれだけでいい。

第六章　雲のない空

◇

瞼に落ちる光に眩しさを覚えて、ゆっくりと目を開ける。温かかった。布団にこもった熱とか、陽の暖かさとか、そういうものじゃなくて。別の何かが体の奥から私を温めた。

その温かさがなんなのか、私は知っている。これはかなちゃんがくれたものだ。全てを失って空っぽになった私を、それでも真っ直ぐに優しく包んでくれた。何度も。何度も。一生懸命に。

ああ、私はいまこんなにも温かい。満たされている。私の中にはかなちゃんが息づいている。いつの間にかかなちゃんでいっぱいになって、空っぽじゃなくなっている。こんなにも満たされている。

なのに……。いまここに君はいない。失うまで気づけなかった。この温もりも、私を満たす存在も。あの時間にどれ程救われていたかも。何一つ気づけなかった。

君は逃げることを知らないかのように、あんなにも真剣に伝えてくれていたのに。

その時に気づけなかった。

いつだって君は真っ直ぐに私を見てくれていたのに。

私には自分のことしか見えていなかった。

あの時の私は周りなんて見ようともしていなかった。

違う。そうじゃない。

私は気づいていた。ちゃんと見えていた。

なのに逃げたんだ。気づいていないふりをして。見えていないふりをして。一人で勝手に壁を作って。

涙が溢れた。後悔して泣くことがこんなにも辛いことなんだと、初めて知った。

知りたくなかった。できることならあの日、あの瞬間に戻りたいと。そう、強く思った。

だけどいくら願ってみたって、そんなことはできない。時間はいつだって前にしか進まないのだ。いくら後悔しても。いくら望んでも。過ぎてしまった過去に戻ることはできない。あるのはいまこの瞬間と。それから、君を失ったという事実だけ。この温もりを知ってしまったのに、それに触れることはもうできないのだという事実が胸をきつく締め付ける。

だけど――。

あまりにも苦しくて目を逸らしてしまいたくなる。蓋をしてしまいたくなる。この温もりをいつまで覚えていられるのか不安だ。この気持ちがいつまで胸を締めつけ続けるのか怖い。

それでも――。

温もりだけを残して、この気持ちだけ消えてしまえればいいのにと願ってしまうけど。きっとこの温もりと気持ちは、二つで一つで。どちらかだけを残すことはできないのだろう。

それなら――。

これは自分でしたことだ。自分で選んだ。自分で決めた。それなら、私は目を逸らさずこの気持ちと共に生きていく。ちゃんと上を向いて歩いていく。

だって、この胸の痛みよりその温もりを失うことの方がずっと嫌だ。だから、あの時間を何度も思い出して刻み込もう。あの時間はかなちゃんがくれた大切な宝物だ。あの時間を失くさないよう、失わないよう。いまはそれだけを考えて生きていこう。

もう十分知ったから。今度は絶対に見失わない。失くさない。失ってしまう辛さも苦しさも知れたから。言い換えれば、それは留める方法を手に入れたのと同じことだと思うから。


ああ。

今日も空には雲が浮かんでるのだろうか。

ベッドから起き上がってカーテンを開け放つ。

確認しなくても、なんとなくそう思った。そんな気がした。どうしてか、確信があった。いまの私にはまだ、あの景色は見えない。

空には今日も雲が浮かんでいる。

それでも、もう雨は降ってない。

雲の隙間からは青い空が覗いている。

私の心はとても穏やかに凪《な》いでいる。

だから——
上を見上げて生きてゆこう。

目を細めてしまうくらい明るい部屋の中、机に置かれたカップからは湯気が立ち上っている。

雲が浮んでいても日差しはこんなに強く届くんだな、と思った。

本当なら駅前の本屋に寄って、なんでもいいから本を買って、あのカフェで過ごそうと思った。一人で過ごすにはこの部屋に流れる時間はあまりにゆっくりで長いから。

だから。そう思ったのに。なんとなく。今日はここにいたいと思った。

久しぶりに自分だけのためにコーヒーを淹れた。淹れている間は芳ばしい香りが鼻腔を刺激して早く飲みたいだなんて思っていたのに。いざ淹れ終えて。腰を下ろして。もたれ掛かってしまうと急に眠気が襲ってきた。それは、瞼さえ持ち上げていられない程の強い眠気だった。私はそれに逆らうことなく瞼を閉じた。

それでも目には光が届いて。白く明るい世界がそこにはあった。

ただ白く明るいその中で、かなちゃんの顔が思い浮かぶ。キラキラした笑顔。真っ直ぐな瞳。まだ幼ない拗ねた顔。全部、最近知ったかなちゃんの顔。

声だって耳に残ってる。すぐに思い出せる。低くなりたての耳馴染みのいい声。肩を震わせ、でも、耐えきれずに漏れ出した吐息のような笑い声。その声でいつだって真剣に、飾ることなく伝えてくれた。

全部ある。思い出せる。残ってる。

『なの姉』

何度も聞いた私を呼ぶ君の声。

『そんな顔って。それは菜乃花だろ?』

ねえ、かなちゃん？　あの時、私はそんなに酷い顔をしてたのかな？　君にそんな顔をさせてしまうくらいに？

『ずっと見てた。ずっと見てきた』

ああ。あの時、君は確かにそう言っていた。

ねえ、かなちゃん？　ずっとって？　君はいつから私を見てくれていたの？　君の周りには他にも見るべきものが、見えるものがあるはずなのに。

かなちゃんにはまだまだこれから色々なことがある。待っている。それはきっとキラキラと輝いて、君にとって大切なかけがえのない宝物になるだろう。

君は私を好きだと言ってくれたけれど。きっと、私は君の宝物にはなれない。それどころか、またあんな風に泣かせてしまうかもしれない。だから、これで良かったんだ。

人の汚さとか、ズルさとか、嫉妬とか。そういったものを君が知る必要なんかない。いつかは知る時が来るかもしれないけれど、それはいまじゃなくて。もっともっと。ずっとずっと。先のことであって欲しい。

でも。できることなら。叶うのならば。

ずっと知らないまま。いまのまま。いつまでも。

キラキラと輝くその世界の中で生きていって欲しい。

『愛してる』

愛してる。

その言葉に甘えてしまえたらどれだけ良かっただろう。だけど、私ばかりが寄りかかって。苦しいものを押しつけて。そんなのまともな関係じゃない。

大丈夫。

その言葉だけで、私は十分だ。

大丈夫。

目を開けるとコーヒーはすっかり冷めていて。閉じる前まで立ち上っていた湯気は跡形もなく消えていた。

ああ。せっかく淹れたのに冷めちゃった。まあいいか。まだしばらくはそれを飲むことができなそうにないから。

それよりも、いまは眠ってしまおう。

起きたら外に出られるように。空から雲が消えるように。あの時の空と同じものが見れるように。

祈りながら、眠ろう。

◆

ビルが多いオフィス街を抜けると窓の外にはマンションや住宅地が広がった。そこには今日もたくさんの人がいて、みんな同じ場所へ向かっているんじゃないかと思うくらい規則正しく同じ方向へと流れていく。

目の前を通り過ぎていく景色がスピードを落とす。田舎と違ってホームには絶えず電車が到着する。そのわりに駅間が短くて走ったかと思えばすぐにまた止まる。

もうこれで何度目だろう。

早く動け。止まるな。

そんな俺の気持ちなんかこれっぽっちも知ることなく、電車はまたスピードを落とす。

走りたかった。飛び降りて、いますぐ駆けて行きたかった。

でも、何度スピードを落とそうと。何度止まろうと。俺が走るよりも電車の方がはるかに早い。

それは絶対だ。小さい子供でも分かる。それでも電車がスピードを落とす度、時間がどんどん過ぎてしまってるようで。気持ちはどんどん焦った。

スマホを確認すると電車は二分も経たずに止まった。電車がこんなに少しの時間しか走らないなんて知らなかった。

俺が住んでいた街では少なくても五分は走り続けた。どうして東京の電車はこんなにも短い間隔で止まるのだろう。何種類もの電車が走っているのになんでこんなに止まる必要があるのだろう。そんな怒りにも似た感情を覚える。それでも、一駅ごとに誰かしら降りる人がいて。乗る人がいて。駅と駅とがどんなに近くてもちゃんと意味があるんだと。仕方のないことなのだと。ため息と共にその感情を吐き出した。

何度目かの停車で座席に視線をやるとちょうど立ち上がる人がいた。視線を外に戻す。

座らない。

そんなことじゃ少しも変わりはしないけど。全然変わらないけど。そんなこと分かってるけど。でもせめて、ドアの前にいて、着いたら一番に降りて、そこからは止まらないで菜乃花のところまで行くんだ。

外に向かってた人の流れが切り替わってたくさんの人が乗車する。

早く。早く。

みんなそんなに急いでどうするんだと。そんなに無理やり乗り込まなくても次を待てばいいじゃないかと。そう思っていたのが嘘みたいに、何度も何度も唱える。

それでも電車は同じスピード、同じ間隔で。走っては止まり。人を降ろしては乗せ。そうやって何も変えず。変わることなく。ゆっくりと俺を運んだ。

一度だって止まってやるもんか。

そう思っていたのに。

菜乃花の家の最寄り駅でドアが開くと、俺が駆け出すのより早く人の波が俺を外へと押し出した。その弾みでバランスを崩してしまい、あっという間にその波に飲み込まれる。

エスカレーターには列ができている。これなら階段の方が断然早い。早く抜け出したいのに。行きたいのに。その波は俺をエスカレーターへと押し込む。

みんな急いでたんじゃないのかよ？　どうしてエスカレーターに並びたがる？

未知の世界に迷い込んだかのような気分になる。この世界でこれから暮らしていくのかと思うと少しげんなりした。

目の前を大きな車が何台も通過していく。周りの人はみんながみんなスマホをいじっていて、東京の人は一日の過ごし方を秒単位で決められているんじゃないかと思った。みんな同じ時間に同じことをして。同じ方向に歩いていく。スーツを着た大人もジャージや制服を着た学生も。男も女も。誰も彼もみんな。

信号が青に変わる。

走りたかった。止まっていた分の時間を取り戻したかった。なのに人の流れがそれをさせてくれない。

『輪から外れるな』

『決められたように動け』

そう言われているかのように、みんなが同じスピードで歩いている。誰一人外れることなく。駅前を離れるまで。何かの部隊みたいに。それは続いた。

やっと人通りが少なくなった。いまなら走れる。

そう思った。なのに、何度も通ったその道に出て、後少しで菜乃花の家に着くと思うと緊張して上手く走れそうになかった。

一度大きく息を吸い込む。走るのは諦めて、だけど、いつもより少しだけ早めに足を動かす。

菜乃花は家にいるだろうか？　これを受け取ってくれるだろうか？　喜んでくれるだろうか？

また、笑ってくれるだろうか？

俺は菜乃花が笑ってくれるだけで。それだけで俺は――

◇

強い風が窓を叩いている。目を開けるとコーヒーは熱だけを失って、だけど淹れた時のままなみなみとそこに残っていた。部屋には光が満ちていて明るかった。何一つ変わってない。コーヒーも。部屋も。きっと、何もかも。

時計を見るとまだ十時を少し過ぎただけでお昼にもなっていなかった。外ではまた強い風が吹いて、カタカタと窓を揺らした。

視線を時計の下へと移す。そこには、赤みがかった黒茶色の木製の額縁にはめ込まれたあの絵がかけられている。吉岡染《よしおかぞめ》というらしいその額の色に、白黒の世界が映えていた。

冷めてしまったコーヒーを啜りながらその絵を眺めていると部屋の中がいつもより明るく見えた。

そう見えたと同時。考えるより先に体が動いた。

窓にかかっているレースのカーテンを開ける。

上を覗くとそこに浮かんでいたはずの雲は跡形もなく消えていて。慌ててコートを掴み取り、だけどそれを着ることもせず。腕に抱えたまま外へと飛び出す。やたらと音の響く階段を足を縺《もつ》れさせながら駆け降りて。遮るもののない歩道へと出る。

立ち止まり。深呼吸をして。

上を見上げる……。

高い高いその場所には、どこまでも澄み渡る、雲一つない青空が広がっていた。

あの日と同じ空だった。

エネルギーに満ちた陽の光。

包み込むように優しい穏やかな空。

見ているだけで涙が零れ落ちそうになる。

いまなら。この空の下でなら。

前を向いて歩いていけるような気がする。

いまなら、あの空に手が届くかもと。

ゆっくりとその空に、手を伸ばす。

その瞬間、ふと耳に届いた声に。体中を電流が駆け巡る。

「菜乃花?」

「どう、して……」

「よう」

「かなちゃん?　……なんでっ」

目の前にいるのは間違いなくかなちゃんだった。キラキラと輝く瞳で真っ直ぐに私を捉えて。当たり前のように目の前に立って。

「よう」

なんて、何事もなかったかのように片手を挙げている。

かなちゃんだ。

かなちゃんだ！

かなちゃんだ!!

「また来るって言っただろ」

張り詰めていたものが切れた。

君を縛りつけてしまわないように。泣かせることのないように。そうやって我慢していたものが止めどなく溢れ出る。

それはあっという間に溢れ出て。反射的にその温もりを腕の中に閉じ込めていた。温かかった。とても温かくて。心地良くて。深く深く呼吸ができた。私はどうしようもなく自分が大切で。可愛くて。私のために、もうこの温もりを離したくないと。失いたくないと。

強く強く、思った。

◆

何が起きたのか一瞬分からなかった。それでも、かかる重みが。伝わる体温が。香る匂いが。すぐ傍から聞こえる声が。それでやっと分かった。ああ、俺はいま抱き締められているんだ、と。

「菜乃花、大丈夫だ。大丈夫」

抱き締められているのは俺なのに。何が大丈夫なのか分からないのに。

でも。だからこそ。俺を抱き締めるその腕がなんだか必死なように感じて。俺は何度も何度も繰り返す。

◇

「大丈夫。大丈夫」

君が何度もそう言って背中を撫でるもんだから、私は思わず笑ってしまった。

「笑うなよ」

かなちゃんが小さい頃は私がこんなふうに慰めたなぁ。その頃はまさか私がかなちゃんに慰められることになるなんて少しも思っていなかった。私たちはずっと変わらない関係のまま。いつまでもいつまでもそうやって続いていくんだとばかり思ってた。

でも、いま慰められているのは私で。慰めてくれているのはかなちゃんで。私は大人になってて。かなちゃんだってもう高校生になる。

ねえ、かなちゃん？　私は君に酷いことをしたけど許してもらうことはできるかな？　わがままを言ってもいいのかな？

「菜乃花？」

「ねえ、かなちゃん。公園に行こうよ」

「分かった。分かったから、ちゃんと上着着ろよ。風邪ひくから」

「うん！」

馬鹿だな君は。私にそんな風に優しくしたりして。

私は君を突き放したのに。酷いことをしたのに。

なのに見捨てずにまた私の前に現れて。私の言うことを聞いて。

そんなことをされたらもう。離してあげることなんかできなくなってしまうのに。

◆

「公園に行こうとしてたんだ？」

「うん。雲がなかったから」

「雲？」

「うん」

雲がなんなんだろう？　分からない。さっきから分からないことだらけだ。

でもまあ。いまはいいか。

左手に繋がっているもう一つの手を伝って、隣を歩くその人の顔を盗み見る。その顔にはうっすらと笑みが広がっている。俺にはそれだけで十分だった。それに菜乃花が何を考えてるのか。何を思っているのか。分からないのなんていまに始まったことじゃない。

◇

石段を降りると目の前を子供が横切っていく。池にはボートが浮かんでいて。その周りには散歩をしている人やベンチに座って休んでいる人がいる。その中で、俺と菜乃花はあのベンチに座っていた。

「かなちゃん」

すごく穏やかな声だった。あまりに穏やかで、空耳かと思ってしまうくらい静かに響いた。

「私ね、すごく辛いことがあったの」

聞いて欲しかった。君がそうしてくれたように。ちゃんと、全部話すから。私のことを知って欲しかった。

「付き合ってた人に捨てられて。会社の人にも嫌われて。誰もいなくなって。何も残らなくて。居場所をなくしてしまったの。何もかも失った。彼氏も。同僚も。仕事も。味も。笑い方も。泣き方も。眠り方も。前に進む方法も。自分すら。全部なくなった。見えなくなった。私は長い間一人で、暗くて冷たい場所で息を潜めてたの」

◆

「そうか」

それがどんなに辛かったか俺には想像もつかない。菜乃花はそんな中、一人であの部屋にいたんだ。

「でもね、いまはあるの。分かるの。味も。笑い方も。泣き方も。眠り方も。少しずつだけれど、前に進む方法も。分かってきた気がするの。いまはちゃんと見える気がするの」

良かった。きっともう、菜乃花は一人じゃないんだろう。

「ねえ、かなちゃん」

良かった。こんなにも穏やかな声を聞くことができて。本当に良かった。

それだけで俺は――

◇

ああ。君はなんて優しく微笑むんだろう。ずっとこのまま見ていたくなる。

でも決めたから。

私は君を――

「私は君が好きだよ」

私は君を離さない。私からは絶対に。

「いま見えているものも。私の中にあるものも。それは全部、かなちゃんがくれたものなの。かなちゃんが拾ってくれたから。私に届けてくれたから。だから私は私でいられるの」

好き。

その驚いた顔も。大きく開かれた瞳も。薄い唇も。耳も鼻も。全部好き。

「私はかなちゃんを、愛してる」

大好き。愛してる。かなちゃんの全部が愛しい。

「私ばっかりがかなちゃんに頼って、依存して。そんなのまともな関係じゃないって分かってる。分かってるけど、私はどうしようもなくかなちゃんが好き。私にはかなちゃんが必要なの。かなちゃんが見ていてくれるから立ち上がれるの。かなちゃんが傍にいてくれるから外の世界に飛び出せるの。かなちゃんが届けてくれたから、寝て。食べて。感じて。泣いて。笑って。かなちゃんを想うだけで前を向くエネルギーが湧いてくるの。かなちゃんの隣にいると、深く深く呼吸ができるの」

◆

ああ。綺麗だな。

耳に届く甘い声も。細められた瞳も。ふっくらとした唇も。影を落とす長い睫毛《まつげ》も。風に揺れる髪も。全部が光り輝いてる。

ああ、本当に。綺麗だ。

◇

「私は私が大切で、可愛くて。いまはまだ自分のことばかり考えるような人間だけど。かなちゃんを泣かせてしまうことがあるけど。私ばかり貰ってしまうけど。それでも。

かなちゃん、私は……。君が好き！　愛してる！」

持っているものを全部さらけ出して、ただ感情のままにぶつける。その行動はソワソワとして落ち着かなかったけれど。不安もあったけれど。

だけど、とても心地が良かった。

◆

ああ。馬鹿だな君は。

そんなの――

「いいに決まってる。俺は菜乃花をずっと見てきたって。好きだって。愛してるって。そう言ったじゃないか」

「うん」

菜乃花の頭が俺の肩に寄せられる。その重みが愛おしくて堪らない。

「俺だって菜乃花に頼ってる。菜乃花がいるから前に進みたいと思える。追いつきたくてひたむきに取り組める。食らいついてやるって思える。自分に向き合える。行動に移せる。俺だって、もうずっと前から菜乃花に依存してる。俺は、菜乃花がいなきゃ前に進めない」

「かなちゃん……。ありがとう」

俺たちは外にいることも忘れて。大好きなその人と。強く強く抱き締め合った。


「菜乃花。雲って何？」

「ん？」

「さっき言ってただろ？　雲がなかったからって」

「ふふ。かなちゃんがくれた絵のこと、覚えてる？」

「そうだ！」

忘れてた。俺は菜乃花にそれを届けに来たんだ。鞄にしまってあるそれを丁寧に取り出す。

「これ」

菜乃花が小さく首を傾げる。

ああ、もう。全部が綺麗だ。一つ一つの動作すら、どうしようもなく綺麗で仕方ない。

「あれは、本当にただ描いただけだから」

ばつが悪そうな顔が可愛くて仕方ない。かなちゃんの行動の一つ一つが愛おしい。

差し出されたそれが私の手に触れる。

きっと描き直してくれたのだろう。私はあの絵で十分なのに。それでも私のために

かなちゃんは描き直してくれたんだ。

ゆっくりとファイルからそれを取り出す。きっとそこにはあの世界が描かれている。

ゆっくりと取り出したそれには思ったとおりの、あの景色が描かれていた。

「これ……」

そこには、うっすらと色のついたその景色の中で、はっきりと色を放つ私がいた。

「私？」

君の描く絵が好きだった。君に見えている世界を手に入れたいと思った。だからあの時貰ったのに。

「なんで泣くんだよ」

だって、嬉しいんだもん。私は空っぽで。何も持ってなくて。全部失って。だから。少しでもいいから。君と同じ世界を見たいと思ったのに。

色のついたその世界で何より濃く、強く、色を持っているのは私だった。

嬉しかった。かなちゃんには他にもたくさん見るべきものが、見えるものがあるは

ずなのに。その世界で一番濃い色を持ってるのは私だったんだから。

「嬉しい！　かなちゃん！　ありがとう！」

　そんな風に私を見ていてくれてありがとう。教えてくれてありがとう。私は何一つしてあげられないのに、私ばっかりこんなに貰っちゃって、いいのかな？

「あー、もう！　泣くなって。俺が泣かしたみたいじゃん」

「何言ってるの？　かなちゃんが泣かせてるんだよ？　泣かせてくれてるんだよ？」

「あー。分かったよ。いいよ、泣いてて。で？　あの時あげた絵が？　何？」

「うん」

　貰ったばかりの絵をファイルの中に戻す。汚してしまわないように。大切に。

　ああ。なんで鞄も持たずに出てきちゃったんだろう。

　鞄の代わりに腕の中に大切に大切に包み込む。

「あの時ね。あの絵をくれた日。空には雲一つ浮いてなかったの。それでも私には見えなかった。かなちゃんみたいにキラキラした世界なんて欠けらも見えなかったの。だからあの絵を貰った。でもそれだけじゃ足りなくて。少しでもかなちゃんに見えているような世界を見たくなって。だからね？　せめてまた、空から雲が消えるのを待ってたの」

そう言って周りを眺めるその顔がすごく綺麗で。穏やかで。もう大丈夫なんだと。菜乃花にも、いまはこの世界が輝いて見えているんだと。伝わってくる。

◆

「菜乃花」

「うん？」

「菜乃花は自分が大切だってさ。自分のことばっかりだって言うけどさ。それでいいんだと俺は思うよ。兄貴が言ってたんだ。大人だって一人じゃ何一つできないんだって。なんでも一人でできるなんて、そんなの悲しいって。だからさ、いいんだよ。自分のことが可愛くて、大切で。そんな菜乃花だからこそ。俺は菜乃花を好きになったんだと思うから」

「さすが修くん。いいこと言うね」

「ああ。でも酒飲みながら言ってたから本人は覚えてないかも」

「覚えてるよ、きっと。修くんはそういう人だもん。それはかなちゃんの方が知ってるでしょう？」

そうだな。覚えてる。兄貴はそんなに無責任な男じゃない。

「それにさ」

「うん?」

「俺にとって菜乃花は俺の一部で。俺の全てでもあるんだ。だから、菜乃花が自分のことを大切にするってことは俺を大切にするのと同じことなんだって、思わないか?」

「かなちゃん……」

「菜乃花」

「なあに?」

ああ。そんな気の抜けた喋り方をして。俺がいま兄貴に嫉妬してるなんてこれっぽっちも分かってないんだな。

「その呼び方、やめないか?」

「どうして?」

「兄貴だけずるいじゃん」

「ふふ。なんだか素直だね、かなちゃん」

「だから」

「でもね、変えないよ? かなちゃんがもう子供じゃないのは分かってる。かなちゃんのことはちゃんと一人の人間として尊敬してる。だけど、かなちゃんはかなちゃんだよ。それは絶対に変わらない大切なことなんだよ」

あの日と同じことを。あの日と同じ笑顔で。菜乃花は言った。

「はあー」

「あー！　酷い！　ため息つくなんて！」

そんなことを言いながら、でも微笑む彼女を見て諦めた。

〝絶対に変わらない大切なこと〟

それなら仕方ない。いまはそれで我慢してやる。

「そうだ！」

そう言って菜乃花は上着のポケットを探る。

「貰ったの！　サービス券！　ねえ、かなちゃん？　私いま、ものすごくあそこのコーヒーが飲みたいな？」

「行く？」

「私、お財布持ってないよ？」

「だろうな」

きっと飛び出してきたんだろう。上着も着ずに空に手を伸ばしていた姿を思い出す。

「奢ろうか？」

「いいの？」

「菜乃花こそいいのかよ。学生にたかって？」

「うん！　だって、女の子なら好きな人にご馳走してもらうのって嬉しいものでしょ？　それに……」

ポケットから出した券を目の前に突き出してくる。

「サービス券ならちゃんと二枚あるし。それにかなちゃん、言ってたじゃない？　誕生日がきたらバイトするって！　コーヒーくらいなんともないって！」

「んなこといちいち覚えとくなよなぁ」

「だって！　あの時間は。かなちゃんがいてくれたあの日々は。私の宝物。私の全てだもん。忘れないよ。一つだって。いつまでも、ずっと」

◇

「あー。分かった。分かったから。そんな顔でそんなこと言うな。なんて返したらいいか分からなくなる」

顔を真っ赤に染めて、照れながらかなちゃんは立ち上がる。

「置いてくぞ」

「かなちゃん！」

「何？」

「手、繋いで行こう！」

顔を真っ赤に染めながら、それでも手を差し出してくれるかなちゃんは——

とてつもなく輝いていて。

この人の隣からなら。

いつか本当に。

あの空にだって手が届くかもと。

そう、思う。

エピローグ

——ザァザァ。

久方ぶりの雨だ。全てを覆い隠すかのような強い雨。

雨のせいで店の中はいつもより静かだ。だけど、私はこの静けさが嫌いじゃない。

雨の音を感じながら、ゆったりと流れる時間の中、大好きなコーヒーを淹れる瞬間が好きなのだ。

その雨は二日間降り続けた。

私は、雨の後の晴れ間が。今日のような薄い青の広がる空が。またなんとも好きだ。

雨を吸い込んで木々は瑞々しく。乾いた空では鳥が気持ち良さそうに羽を広げ。キラキラと眩しい光の粒が世界を包み込む。様々な予感をたっぷりと溶かし込んだ特別な時間。

バイトの女の子が声をかけてきた。

「いい天気ですよね」

「本当に。私は雨も好きだけど、雨の後のこの時間も大好きなんです」

「マスターって不思議な人ですよね？」

「そうかな？」

「そうですよ。でも、私はマスターもこの店も大好きです」

「ありがとう」

「ふふ。テーブル拭き終わったんでメニュー並べてきますね」

　彼女は指示を待つことなくテキパキと業務をこなしていく。私が彼女くらいの歳の時にはもっとおどおどとしていて、あんな風に自分から何かをしたりなんてできなかった。ゆとり世代だ、今時の子は、と批難の言葉を聞くことも多いけれど。どうして彼女たちの方がよっぽどしっかりしていると思う。

　今日のブレンドを考えながらふとあるお客様の顔が浮かんだ。

　あの子は絵を完成させることができただろうか。何年も私の店に足を運んでくれている彼女に贈るであろうその絵を。私も一度見てみたかったな。

　そうだな。今日は少し軽めの酸味のある配合にしよう。


「いらっしゃいませ」

「あの。二階の席、空いてますか?」

「はい。ご案内致します。こちらへどうぞ」

　豆を挽きながら聞き覚えのある声に顔を上げる。開店前に浮かんだ二人の姿が二階へと上がっていくのが見えた。

　久しぶりに見る彼女の生き生きとした後ろ姿に。緊張感を漂わせているまだ少し幼い背中に。思わず目を細めてしまう。

頃合いを見計らって注文を取りに二人の元へ行く。

「今日はお二人なんですね」

「はい。サービス券、二枚頂いたので」

私まで嬉しくなるような満面の笑みが眩しい。

「コーヒーを二つお願いします」

強さを秘めた瞳が頼もしく輝いている。

「コーヒーをお二つですね。かしこまりました。少々お待ちください」

今日のブレンドを、二人は美味しいと感じてくれるだろうか。

「あ！　すみません。後、チーズケーキも二つお願いします」

「ケーキ？　食うの？」

「ここのケーキは美味しいんだよ。かなちゃんも好きでしょう？　チーズケーキ」

「……よく覚えてたな」

「ね？　食べようよ！」

「じゃあ、チーズケーキも二つお願いします」

「かしこまりました」

ここは私のお気に入りの場所だ。自分の店なのだから当たり前じゃないかと思われてしまうかもしれないが、それでも。

　私の淹れたコーヒーを。私のお気に入りの空間で。美味しそうに口に運び。幸せそうに過ごしている人たちを見ていると。私まで、どうしようもなく幸せな気持ちになれるのだ。


「ご馳走様でした。ここのコーヒーはいつも美味しいですけど、今日のはいままでで一番好きな味でした」

「ケーキも、美味かったです」

　そう言って、二人は太陽の光にも負けることのない、輝かんばかりの笑みを交わし合う。


　ああ、本当に。

　今日はなんて。

　素晴らしい天気なのだろう。

あとがき

初めまして。武井ゆひと申します。この度は私の処女作である『届くなら、あの日見た空をもう一度。』をご一読くださいまして、誠にありがとうございます。

本作品は、私が人生で最も辛い思いをしている時に生まれました。きっかけは私自身の喪失。その時に「ああ。小説の中ならここで誰かが手を差し伸べてくれるのに……」と思ったのが始まりでした。

最初は書き進めていくのが辛く感じました。でもなぜだか。どうしても。私は書くのを辞めたくはないと感じました。そして不思議なことに、書き進めていくうちに辛かった気持ちが晴れていったのです。

菜乃花同様、人生の中ではいくつもの困難が待ち受けています。

要同様、たくさんの挫折を経験します。

それは人生を歩んで行く上で避けては通れない道なのでしょう。そして、現実世界でのそれは受ける人によって姿形を変えて目の前に現れるでしょう。私たちはそれを自分自身で解決しなければならないことがほとんどでしょう。

そんな時、私の書いた作品が少しでも温かくアナタに寄り添えたなら。どんなに小さくても歩んでいく力や一度止まってみる勇気を届けられたなら。
そんな想いを込めて、前半は自分自身のために。そして、後半は読んでくださる方々のために。祈りながら書き進めていきました。

そんな思い入れのある作品に、第2回スターツ出版文庫大賞にて「特別賞」という素晴らしい賞を授けてくださったスターツ出版の方々。書籍化に向け共に作品を作り上げてくださった編集、デザイナー、印刷所の方々。青空から降る雨という素晴らしい装画で作品を表現し、とても可愛らしい菜乃花と頼もしさの漂う要を生みだしてくださったイラストレーターのハルカゼ様。そしてなにより、この作品をお手に取ってくださった皆様方には本当に深く感謝しております。
本当に本当に、ありがとうございました。

二〇一八年二月某日

武井ゆひ

この物語はフィクションです。実在の人物、団体等とは一切関係がありません。

武井ゆひ先生へのファンレターのあて先
〒104-0031　東京都中央区京橋1-3-1　八重洲口大栄ビル7F
スターツ出版(株)書籍編集部 気付
武井ゆひ先生

届くなら、あの日見た空をもう一度。

2018年2月28日　初版第1刷発行

著　者　武井ゆひ　

発 行 人　松島滋
デザイン　西村弘美
D T P　株式会社エストール
編　　集　篠原康子
　　　　　堀家由紀子
発 行 所　スターツ出版株式会社
〒104-0031
東京都中央区京橋1-3-1　八重洲口大栄ビル7F
TEL　販売部　03-6202-0386（ご注文等に関するお問い合わせ）
URL　http://starts-pub.jp/
印 刷 所　大日本印刷株式会社

Printed in Japan

ISBN 978-4-8137-0411-9 C0193

この1冊が、わたしを変える。
スターツ出版文庫　好評発売中!!

春となりを待つきみへ

沖田《おきた》 円《えん》／著
定価：本体600円＋税

一生分、泣ける物語 No.1

大切なものを失い、泣き叫ぶ心…。
宿命の出会いに驚愕の真実が動き出す。

瑚春は、幼い頃からいつも一緒で大切な存在だった双子の弟・春霞を、5年前に事故で亡くして以来、その死から立ち直れず、苦しい日々を過ごしていた。そんな瑚春の前に、ある日、冬眞という謎の男が現れ、そのまま瑚春の部屋に住み着いてしまう。得体の知れない存在ながら、柔らかな雰囲気を放ち、不思議と気持ちを和ませてくれる冬眞に、瑚春は次第に心を許していく。しかし、やがて冬眞こそが、瑚春と春霞とを繋ぐ“宿命の存在”だと知ることに——。

イラスト／カスヤナガト

ISBN978-4-8137-0190-3

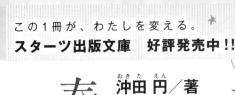

スターツ出版文庫　好評発売中!!

『さよならレター』　皐月《さつき》コハル・著

ある日、高２のソウのゲタ箱に一通の手紙が入っていた。差出人は学校イチ可愛いと言われる同級生のルウコだった。それからふたりの秘密の文通が始まる。文通を重ねるうち、実は彼女が難病で余命わずかだと知ってしまう。ルウコは「もしも私が死んだら、ある約束を果たして欲しい」とソウに頼む。その約束には彼女が手紙を書いた本当の意味が隠されていた…。——生と死の狭間で未来を諦めず生きるふたりの純愛物語。

ISBN978-4-8137-0361-7 ／ 定価：本体550円＋税

『僕の知らない、いつかの君へ』　木村《きむら》 咲《さき》・著

アクアリウムが趣味の高２・水嶋慶太は、「ミキ」という名前を使い女性のフリをしてブログを綴る日々。そんな中、「ナナ」という人物とのブログ上のやり取りが楽しみになる。だが、あることをきっかけに慶太は、同じクラスの壷井菜々子こそが「ナナ」ではないかと疑い始める。慶太と菜々子の関係が進展するにつれ、「ナナ」はブログで「ミキ」に恋愛相談をするようになり、疑惑は確信へ。ついに慶太は秘密を明かそうと決意するが、その先には予想外の展開が—。第２回スターツ出版文庫大賞にて、恋愛部門賞受賞。

ISBN978-4-8137-0378-5 ／ 定価：本体540円＋税

『神様の居酒屋お伊勢』　梨木《なしき》れいあ・著

就活に難航中の莉子は、就職祈願に伊勢を訪れる。参拝も終わり門前町を歩いていると、呼び寄せられるように路地裏の店に辿り着く。『居酒屋お伊勢』と書かれた暖簾をくぐると、店内には金髪の店主・松之助以外に客は誰もいない。しかし、酒をひと口呑んだ途端、莉子の目に映った光景は店を埋め尽くす神様たちの大宴会だった!?　神様が見える力を宿す酒を呑んだ莉子は、松之助と付喪神の看板猫・ごま吉、お掃除神のキュキュ丸と共に、疲れた神様が集う居酒屋で働くことになって……。

ISBN978-4-8137-0376-1 ／ 定価：本体530円＋税

『70年分の夏を君に捧ぐ』　櫻井《さくらい》千姫《ちひめ》・著

2015年、夏。東京に住む高２の百合香は、真夜中に不思議な体験をする。０時ちょうどに見ず知らずの少女と謎の空間ですれ違ったのだ。そして、目覚めるとそこは1945年。百合香の心は、なぜか終戦直前の広島に住む少女・千寿の身体に入りこんでいた。一方、千寿の魂も現代日本に飛ばされ、70年後の世界に戸惑うばかり…。以来毎晩入れ替わるふたりに、やがて、運命の「あの日」が訪れる——。ラスト、時を超えた真実の愛と絆に、心揺さぶられ、涙が止まらない！

ISBN978-4-8137-0359-4 ／ 定価：本体670円＋税